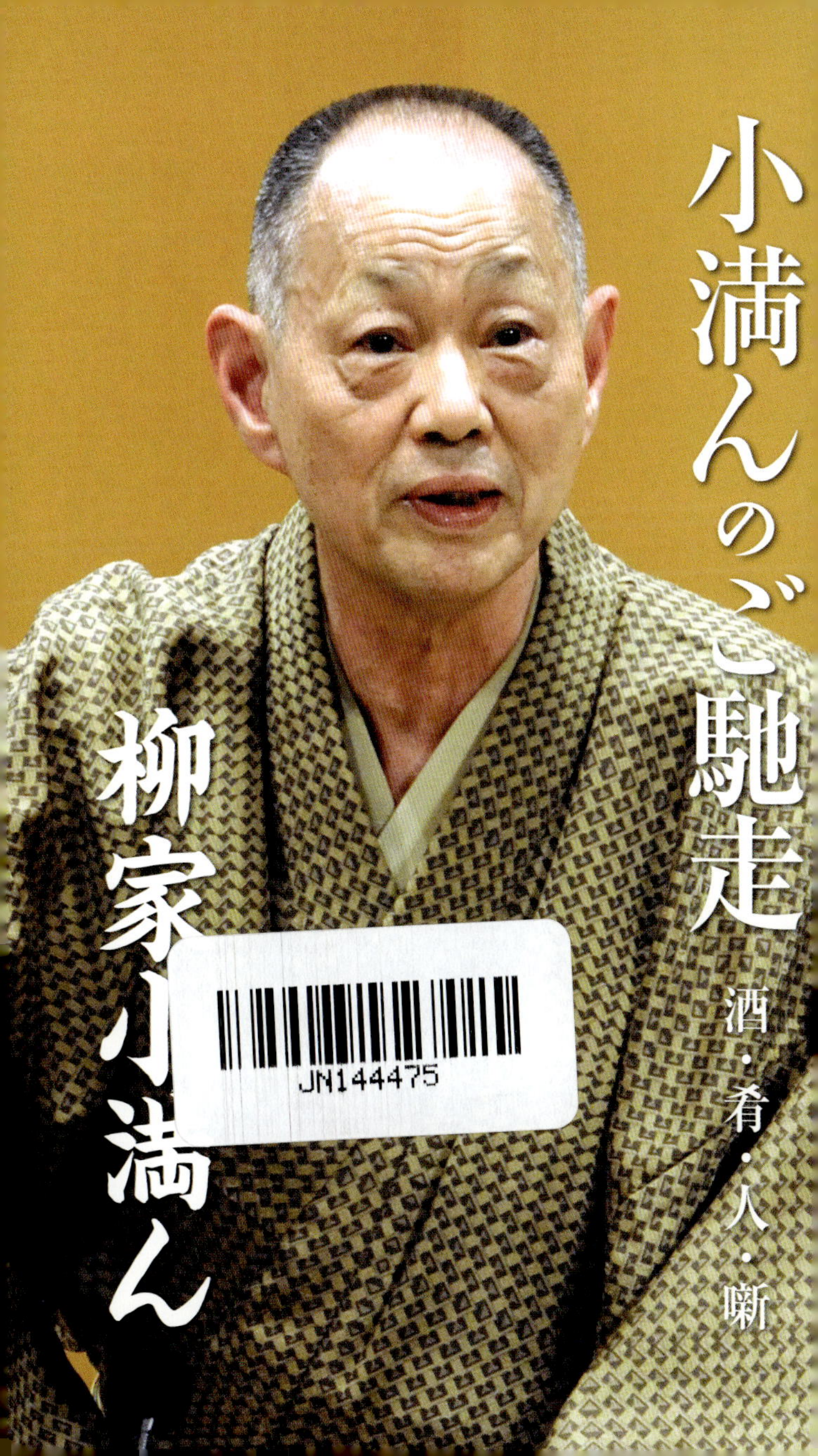

小満んのご馳走

酒・肴・人・噺

柳家小満ん

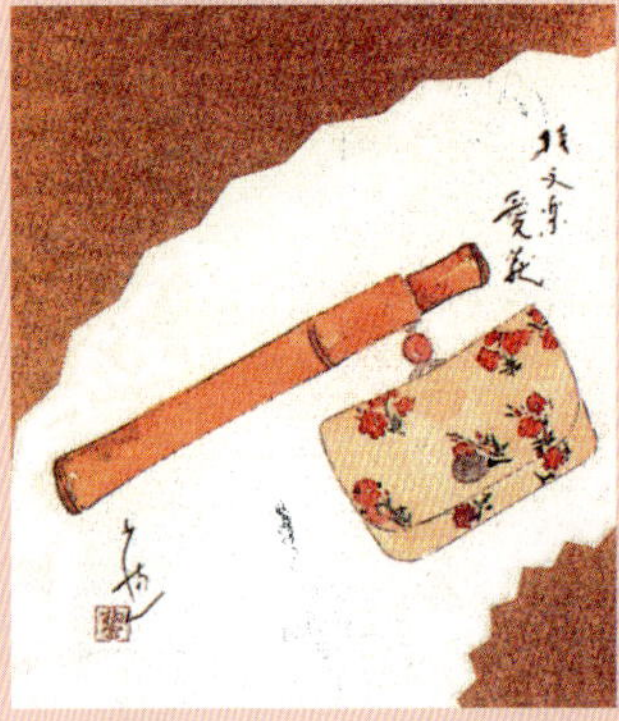
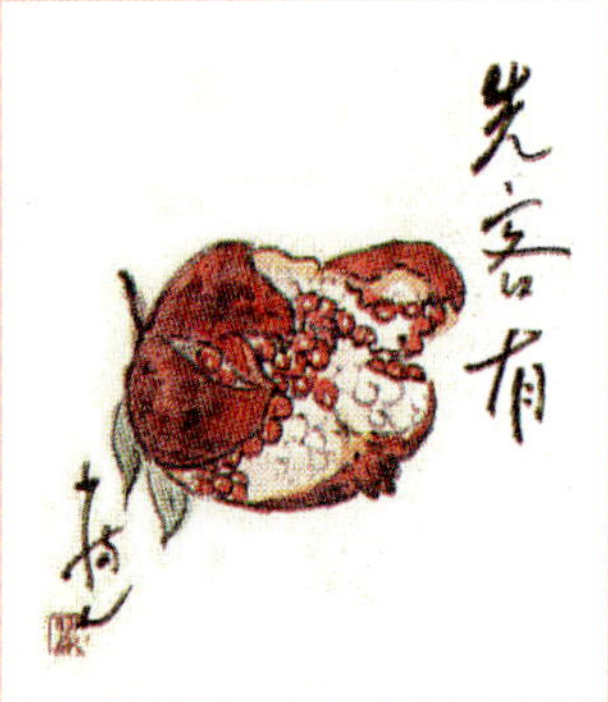

画◎柳家小満ん

目次

—— 小満んのご馳走 ——

画　柳家小満ん

酒肴人噺

とっておき小満んの随筆

江戸っ子気性

江戸っ子の愛すべき気性は、今の時代にも、生きていて欲しいと思う。私が二ツ目の頃、千駄木の鳶頭の処へ、木遣りの稽古に通った事があるが、鳶頭の語る雑談は、飾り気のない〝江戸っ子〟そのものであった。

「まっぴら御免なさいよ」

ッと、これは茶の間での雑談中、私の前を、お内儀さんが、手刀を切りながら通った時の口調である。〈まっぴら御免ねえ〉という江戸っ子口調が、内儀さん言葉としても生きていようとは思わなかった。今では、わが家の細君も、狭い家の中で常用している。

お内儀さんの話から、鳶頭の様子を想像して戴こう。

「博奕で手入れを食ってさあ、うちの人、逃げるのも巧いもんだよね、屋根から屋根をポン〳〵ポン〳〵、逃げるわけさ。あとから屋根屋の職人が一緒についてくるンだって。これも商売だから、巧いもんだよね。それがさ、うちの人あの通り、体が大きいでしょ、うちのが、ポーンと跳び越えたあとを、その屋根屋が跳んだら、足が届かなくって、下へ落ッこっちゃってさあ……」

「うふッ、屋根屋の野郎、暫く、びっこを引いて、歩いてやがったよ」

ッと、鼻の上に皺を寄せて、笑っていた鳶頭の顔が、今でも目に浮かぶ。

鳶頭は戦争へも行っているが、

「うちの人の軍服姿ッて、ほんとに恰好よかったよ。戦争へ江戸の粋を持って行くんだって、云ってさあ」

戦地では、軍医に博奕で貸しをこさえて、そのカタに痔の診断書を書かせて、一日中、ドラム缶の湯へ入って暮らしていたという。

「それがあんた、半年経たない内に、帰って来ちゃったんだよ。あたしが盥《たらい》で洗濯をしてたら、おいッて、肩を叩くんだよね、振り返ったら、うちの人じゃないの、あたしゃ思わず、云っちゃったよ、あら、もう帰って来ちゃったの、ッて。だってさ、それまで家へお金なんて入れた事がないじゃないの。それが戦争へ行ったら、キチンとお金は送ってくるし、お陰で借金はどんどん返せるし、こんな幸せはないと思ってたとこだもの。あらまあ、これでまた、借金の苦労が始まるのかと思ったら、思わず云っちゃったのさ、もう帰ってきちゃったの、ッて」

木遣りの稽古に通ってたある日、文京公会堂で全国民謡大会があり、江戸消防記念会の木遣りが特別出演をした。当日、楽屋を訪ねると、総代である千駄木の鳶頭が、三十人程の連中に、ある提言をしていた。

「どうだろう皆さん、出演料として三十万円受け取りましたが、まことに半端です。幸い近くに後楽園競輪というものがあります。これへぶち込んでみようと思いますが、如何でしょう。では、堅いところを一点買いという事にして、使いの者に運を任せましょう」

結果は案の定で、

「そういうわけで、おジャンに成りました」

笑ったのは、私だけであった。

その会場で、鳶の若い衆が、プログラムの値段が高いのに驚いて、楽屋へ帰ってきた。その時の鳶頭の言葉も、実に痛快であった。

「高えと思って、買わねンじゃ、腹を見られちゃうじゃねえか。高えと思ったら、じゃァ二冊、くんねえと、なぜ云わねんだ、このヘンポライめッ」

この、江戸っ子の見栄に、すっかり感心をした、私は、その後すぐに、新聞の勧誘員に、同じ新聞を二部契約をして、細君から〈このヘンポライ〉の罵声を浴びた。

"やせがまん"の愛すべき江戸っ子たち。

さて、落語の江戸っ子にも、出て貰おう。
江戸っ子は五月の鯉の吹き流し
口先ばかりで腸《はらわた》はなし
と、噺の枕で云う通り、ポンポン云うだけの事を云っちまうと、後はもう、腹の中には何にもない、竹を割ったように、サッパリとしているのが、江戸っ子の気性である。
ポン〳〵云うんでも、間髪をいれずに、怒らなくてはいけないそうで、少しでも考えてから、「ちょいと待て、今の話だがなあ……」なンてえのは、陰湿である。それよりも、構わずその場で、ポン〳〵と怒って、後は何とも思わない。怒った事さえも、忘れてしまわなければいけないという。そんな調子だから、江戸っ子同士、往来中での喧嘩は、のべつだったようで、ポン〳〵云い合って、殴り合い、摑み合いと成って、負けた方は、地面に大の字に成って、

「さあ、殺せッ……」

勝った方は、

「ざまァ見やがれッ……」

という、決まり台詞で、けりがつく。

それにまた、江戸っ子の中には、跳ねっ返りの気取った連中もいたようで、月下の道すがら、頭に〈置き手拭い〉をして、壊手の拳を胸の辺りで、七三に構えて、これが〈弥蔵《やぞう》を決め込む〉という形だが、自慢の声で〈投げ節〉なんぞを唄って歩いていたりすると、ちょっと粋な感じもするが、これを、真っ昼間にやった男がいて、ちょうど、屋根屋が、屋根の上で仕事をしている処で、こいつを見たから、黙ってない。

上から覗いて、

「おい、兄い、いい月夜だなあ」

ッと、皮肉を云った。云われた方も、澄ました顔で、

「おう、屋根屋さん、夜なべかいッ」

ッてんで、粋なやり取りではないか。そういう洒落っ気も持ち合わせていたようで、それに、気の利いた江戸っ子は、頭と履物には、銭を惜しまなかったという。

晩にいる頭だ壱つやってくれ

吉原へでも遊びに行こう、というのであろう。その前に、髪結床で、髷を撫で付けて貰おうという寸法だ。履物も、常に新しい雪駄を、鼻緒を緩めずに足先へ引っかけて歩いたり、下駄にしても、柾目の通った台に粋な鼻緒で、大いに見栄を張ったようだ。

江戸は火事が多かったせいで、職人連中は仕事には不自由をしなかった。そこで、

江戸っ子の生まれそこない金を溜め

という、生き方に成ったようだが、

「さあ、えれえ事をしちゃったい、銭を使い果たして、サッパリしたと思ったら、財布を拾っちゃったぜ、小粒で金が三両入ってやがって、書付に印形があって、神田小柳町大工吉五郎ッて、コン畜生が落としゃがったンだな、ドジな野郎じゃねえか。しゃァねえ、拾ったのが災難

だ、届けてやるとするか」

ところが、この親切を、相手の吉五郎が、受け取らない。

「お節介な野郎だなあ、折角こっちゃあ、銭を落としてサッパリしたと思って、一杯ェ始めたンじゃねえか、俺の懐を居心地が悪いッってんで、飛び出した銭だ、そんな薄情な奴は、癖ン成るといけねえ、二度と敷居を跨がせるンゃねんだ。書付と印形だけは貰っとくが、三両の金は財布ごと、おめえに呉れてやるから、持って帰れッ」

これでは、喧嘩に成るのは当たり前だ。家主からの訴えで、大岡越前守が、この三両を預かり、改めて喧嘩の両人に、二両ずつ納めさせる、というのが『三方一両損』という落語だが、愛すべきは〈江戸っ子〉である。

江戸っ子の産声おきゃあがれとなき

オタクサ

長崎の春は来るらしめずらしき
阿蘭陀皿の花模様より　　吉井勇

長崎には〝柳家小満ん・ながさきの会〟というのがあって折々のお招きをいただいている。先日は、会の余暇に、最近出来たばかりという「シーボルト記念館」を訪れてみた。

江戸時代、日本の国交は中国とオランダに限られており、オランダ（和蘭）商館は扇形の埋め立て地・長崎出島にあった。

シーボルトはドイツ人だが、和蘭商館の医師として来日し、長崎の郊外に鳴滝塾をひらき、西洋医学その他の教育活動を積極的におこなった。シーボルト記念館は、その鳴滝塾の跡地に建てられた。

いなづまやどのけいせいとかりまくら　　去来

シーボルトは在日中に丸山遊郭の遊女・其扇《そのぎ》を娶《めと》り、お稲という女の子を儲けた。其扇の本名は滝で〝お滝さん〟と呼ばれているのを〝オタクサ〟と聞き覚え、日本で初めて見た美しい花・アジサイに〝ゾノギ〟のちに〝オタクサ〟の名を付け、アジサイの学名として登録をしている。鳴滝塾の庭跡にもアジサイが植えてあったが、花にはまだ〳〵の頃で、裏山添いにヤマブキの花が濡れ輝いていた。

山吹や井戸の昔をのぞき込み　　小満ん

シーボルトたちの和蘭商館での暮らしはどうだったのだろう。食糧等の生活必需品は年に一回ジャワからの船で運ばれたようだが、時には船の入港が大幅に遅れることもあり、そのことを〝船間〟といった。最も長い船間は十年余にも及び、それはフランス革命の時で、オランダも占領され、植民地のジャワも英国領となり、日本の和蘭商館への船も途絶えたというわけで、その間の商館人たちの生活はさぞ切ないものであったろう。

和蘭商館長を甲比丹《カピタン》（capitão）というが、年に一回（後には五年に一度）江戸へ上がり将軍に伺候することが義務づけられていた。このときの行列にはオランダの三色旗を翻しながら「下にぃ、下にぃ」と進むわけで、万事が大名行列の扱いで、総勢二百人にも及ぶものであったという。行列の先頭には宰領が二人、これは先導役。次に将軍への献上品、高官への贈り物を入れた長持が十数個、続いて下役の乗った駕籠が二挺、やや大きな駕籠へ乗った小通詞、通詞従僕がこれに従う。和蘭医師の駕籠はノリモノと称し四人で担ぎ、従僕が従う。シーボルトもこのノリモノで江戸への往復をしている。次は次官《ヘトネ》で医師とほぼ同じノリモノ。甲比丹のノリモノはひときわ大きく、担ぎ手は八人、日本最大の駕籠であった。各ノリモノの中では葡萄酒や麦酒をチビリチビリとやりながら道中を楽しんだ。続いて大通詞の駕籠で担ぎ手は四人、従僕。そのあとに金櫃《かねびつ》、下役、検使……、と続く。携行する食糧も大掛りで、毎日飲んでなお余りある量のワイン、ビール、リキュール類。バター、チーズはもちろん、燻製と塩漬の肉類からコーヒー、砂糖、香辛料……。食器類までをも携行した。料理人は二人で、一人は昼食の場所へ、一人は夕食の場所へ、雑役を連れて先発をして食事の支度をした。途中、京都祇園の「二軒茶屋」と大阪の「浮む瀬」へだけは立ち寄り日本料理を食べ、時には桑名の焼蛤などにも舌鼓を打ったようである。

江戸へ着くと、日本橋石町の〝時の鐘〟の前にあった「長崎屋」が定宿で、川柳にも、

石町は遠い得意をもって居る　柳樽

とある。

謁見、その他の公式行事を終えて宿の長崎屋へ帰ってくると、次々と向学の訪問客が押しかけてきたようで、通詞を介しての質問責めとなったが、一行のほとんどは平凡な商社マンであるから満足な返答が出来ず、切りもなく続く質問をはぐらかすためにリキュールや西洋菓子をすすめて、質問の鉾先を変えさせたという。その点、医師のシーボルトは博学でもあり、向学の士からは尊敬されたようだ。

さて、日本での任期を終えたシーボルトに思わぬ難儀がかかった。帰国の際、長崎で出島からの出航には積荷の検閲はないことになっていたが、船が出航早々の座礁をしてしまい、そこで、役人の取り調べを受けることになった。積荷の中からは日本地図その他幾多のご禁制品が現われ、それがために何人もの処刑人が出ることになった。シーボルトは祖国に帰れなくてもよいからと、その人たちの助命を歎願するが聞き入れられなかった。これが世にいう〝シーボルト事件〟である。

かくして、在日六年の最後の悲しい思い出として日本を離れるが、愛妻のお滝さんは姿形を漁師に変えて小舟で後を追い、別れを惜しんだという。

三十年後、シーボルトは再び来日をして、お滝さん、お稲さんの妻子に再会をしている。
アジサイ、すなわちオタクサは今、長崎の県花に指定されている。
　オタクサの雨にかかわりし涙かな　小満ん
を、シーボルトに代わっての記念句として、シーボルト記念館をあとにした。

全て、旨かった

中国へ行ってきた、と云ったら、

「美味しかった？」

続いて、

「しつこくなかった？」

「当分、中国料理は食べたくないでしょう……」

と、立て続けに、決めつけてきた。云われて気がつけば、私もたしか、先人に同じような質問をした覚えがある。

では、お答えしよう。

私の行ったのは、上海、杭州、紹興、蘇州、であるが、それぞれ、全て旨かった。

中国料理がしつっこいという印象を植えつけてしまったのは、日本の中国料理の責任である。本場の中国へ行けば、なおさらしつっこいだろうと思うわけである。

朝はおかゆと聞いていたが、それさえも、具の入った日本の中華がゆを想像して、秘かに真空パックのごはんを持参した人もいたくらいである。

おかゆは全くのおかゆ、プレーンであった。ただし、おかずは充分に出た。

日本で食べる中国料理のほとんどは、乾燥もの、冷凍ものの保存食から成り立っている。

本当に旨い中国料理を食べたいと思ったら、新鮮な素材を使ってもらうことである。突きつめて言えば、素材は新鮮かつ自然食品でなくてはならない。それはもう、日本では望み得ぬことかもしれない。

「昔の玉子は旨かった……」

これは、ノスタルジアではない。中国の玉子は、昔の日本の玉子の味であった。

上海から杭州へは列車で三時間、車窓から見る農村は日本の昔そのままであった。鋤を振り、腰を曲げ、雨には蓑を着て働くのであった。機械化は全くされていなかった。

杭州には西湖がある。周囲十五キロ、大きな湖である。杭州で出る蓴菜《じゅんさい》のスープには、湖という自然の理屈があるわけである。湖畔にある老舗・楼外楼の看板料理は草魚を扱ったものであった。豚肉の醤油煮があまりにも旨いので名を尋ねたら、それが東坡肉《トンポーロウ》であった。日本の東坡肉とは、素材の豚肉が違うのである。

杭州から車で二時間、紹興は水郷の地だ。小舟を足で櫓を漕ぐさまなど、のどかなものである。四ッ手網で取るのは川海老、川魚であろう。竹竿一本でダックの一群をあやつる人は素足であった。青田の農民もあまりの広さに孤独である。五月雨の中で働き続けていた。

紹興で食べた昼食は案の定、忘れがたい旨さであった。玉子の黄味は青豆と炒め、白身は白身の魚と、それぞれに取り合わせ、使い分ける。美しく、かつ素朴な味付けである。川海老の新鮮さも絶品。デザートに出た水蓮根は、梨のような、慈姑《くわい》のような、ような〳〵で、誰も当らなかった。

紹興酒は当然ながら紹興のお酒である。七、八年寝かせてからビン詰めとなる。それ故に老酒という。近頃、日本に出廻っている紹興酒には、なぜか台湾製が多いようである。味がツンとくるのは寝かせが足りないせいと睨んでいる。

蘇州では豆腐料理が多かった。朝市へ行ってみたら、豆腐屋がいて丸い豆腐を切り分けて売っていた。トマトもジャガイモも、全て小さく、改良がなされていないようである。リンゴもビワも小粒である。甘味は少ないが自然を噛みしめる思いだった。

町の餃子屋へも入ってみた。水餃子だけの店であった。小皿や醤油壺にも布巾をかけ、粗末ながらも小ぎれいな店である。台所ものぞかせてもらったが、そこもまた然り、蘇州は美しい町と断定した。

上海から杭州、紹興、蘇州と廻って、再び上海へ戻ったら、最初あっさりしていると思った上海料理が、他と比べてしつっこく感じられた。

中国最後の食事は玉仏寺で精進料理であった。豚肉、鶏肉、魚貝類の全てを、その代用品でこしらえあげた凝りようは、中国の細工物にも似た見事さであった。

日本へ帰って十日程たつが、今だに中国料理は食べる気がしない。食べても、きっと……。ほとぼりのさめるのを待つことにする。

以上、ざっとであるが、冒頭の質問三つの答えとする。

楊貴妃

美しひ顔でやうきひぶたをくい　柳樽

と、江戸の川柳子は皮肉であるが、楊貴妃が如何なる美人であったかは、やはり気になるところである。風聞によると、楊貴妃は天平美人のごとき豊満な女性であったようで、ライバルの梅妃は楊貴妃に対して〝肥婢《ひひ》〟と罵ったという。

楊貴妃の好んだ果物に茘枝《ライチ》があるが、廣東から長安まで、七日間の早馬で届けられたということで有名だ。昨年訪れた海南島では、彼の地へ左遷された蘇東坡《そとうば》が「茘枝を食す」という詩を作っていると聞いた。

　日に茘枝を啖《くら》ふこと三百顆《か》
　妨げず長《とこし》えに嶺南の人と作《な》るを

多分に負け惜しみのようだが、楊貴妃の好んだという茘枝は蘇東坡にとっても憧れの果物であったのかもしれない。

楊貴妃の美しさについては、白楽天の「長恨歌」をもって全てとしてもいいと思うのだが、この詩が作られたのは玄宗の死後半世紀ののちであった。

　漢皇重色思傾國
　漢皇《かんこう》　色《いろ》を重《おもん》じて傾国を思う

以下、七言百二十句のフレーズが続き、最後の一句、

　此恨緜緜無盡期

此の恨《うらみ》　綿綿として尽くる期無《きな》からん

から「長恨歌」の題名が付けられている。

〈漢の皇帝が美人を愛してやまず、国を傾けるほどの美女を得たいと思っていた〉という書き出しは、漢の武帝のことを匂わせながら、実は唐の玄宗皇帝のことを物語ろうという、二重構造になっている。

因みに、漢の武帝は李夫人という美人を寵愛したが、早くに世を去ったために、方士（仙術を心得た僧）に命じて、その魂を招かせたが、悲しみは深まるばかりであったという（『漢書』）。楊貴妃の本名は楊玉環で、すでに玄宗の息子の妻となっていたのを召し上げて貴妃としたのだが、長恨歌では深窓の令嬢が一朝にして玄宗の許へ召されたことになっている。

唐の都・長安の郊外には華清池という温泉宮があって、楊貴妃はここで初めて玄宗皇帝の寵愛を受けた。

温泉水滑洗凝脂

温泉　水滑かにして凝脂《ぎょうし》を洗ふ

ここでいう凝脂は、美人の肌のことだそうで、決して脂肪の塊と言っているわけではない。

水を弾くような艶やかな白い肌、とでも解釈しておこうか。

侍兒扶起嬌無力

侍児《じじ》　扶《たす》け起《おこ》せば嬌《きょう》として力無し

玄宗との初夜を迎えるべく、その湯上がりの風情も、かくの如くなまめかしい。

ところで近年になって、かの華清池跡が発掘され、楊貴妃の入った浴槽も現れたという新聞記事（昭和六十三年）に、俄然色めき立った人があった。山口県長門市の温泉旅館のご主人で、近くには楊貴妃の墓と言い伝えられている五輪塔のあるところから、

――楊貴妃は、実は殺されずに、空艫舟《うつろぶね》で日本へ流れ着いたというのである――

はっと思いついて、楊貴妃の浴槽、浴室を再現したのである。

私も噂に聞いて、その旅館「玉仙閣」を訪れたことがあるが、太子湯と貴妃湯という二つの浴室は昼夜入れ替えで男湯と女湯になっていた。

貴妃湯の浴槽は楕円の花びら形で、縁にそって内側に段があり、ここへ腰を掛けて入ると、お湯が胸のあたりになるという深さで、中央には噴水があって、これも全て現物通りである

という。石は大理石と青石を使っており、ワイドのガラス窓は外から丸見えのようでいて外からは見えないというもので、青いライティング効果もあって、訪れたご婦人方にとっては、恰も楊貴妃の凝脂のような気分になるというわけである。

さて、楊貴妃の玉の輿から、楊家一門も栄華に浴するが、安禄山の乱により敗走をし、不満のつのった兵士らによって楊家一門、はたまた楊貴妃も命を奪われ、楊貴妃の遺骸は馬嵬《ばかい》の地に埋められた。

乱の平定後、長安へ戻った玄宗は、楊貴妃への想いが去り難く、方士に命じて楊貴妃の魂魄《こんぱく》を尋ねさせた。

仙界での楊貴妃（楊太眞）はやはり美しく、さめざめと泣く。その姿は、

梨花一枝春帯雨

梨花一枝《りかいっし》　春　雨を帯《お》ぶ

という風情であった。

そして、七月七日、華清宮の長生殿で、七夕の夜空を見上げながら、二人だけで囁き合った言葉は、

在天願作比翼鳥
天に在りては願はくは比翼の鳥と作り
在地願爲連理枝
地に在りては願はくは連理の枝と為らん
という、永《とこし》えなる夫婦、比翼連理の誓いであったと、かの方士に明かすのであった。

むつ言をちょくしへかたる美しさ　　柳樽

心は江戸　関口芭蕉庵

中国に〝壷中の天〟という物語があって、壷売りだか薬売りだかの爺さんが、日暮れになると店をたたんで、壷の中へひょいと入ってしまうのだが、どうやら爺さんは仙人のようで、壷の中には楽しい別天地があるらしいというわけである。

左様然らばで、私にあっても壷中の天は存在しており、夜毎の、

「さあ、江戸へ戻ろう……」

と云っては、江戸のあれこれに想いを馳せるのである。

たとえばということで、昨夜の、わが壺中の天をご紹介しよう。

そこは、廣重の「名所江戸百景」にある〝関口芭蕉庵〟であった。

右の小高い処にある家が芭蕉庵であろう。石段を下った処には藁屋根の枝折戸があって、その脇から形のよい松が女男に生えている。そばに、

二夜鳴一夜はさむしきりぎりす　紀逸

と刻まれた碑があるところから〝夜寒の松〟といって親しまれていた松である。

枝折戸を出ると前は土提で三三五五の人影があり、下の流れが神田上水である。絵の言葉書きには「せき口上水端　ばせを庵　椿やま」と記されている。

上水とは、江戸の水道のことであるが、神田上水の水源は井の頭池の湧水が本流で、途中から善福寺池と妙正寺池の湧水が合流し、小石川の関口に至るのだが、ここまでは川同様の野方堀で、堀幅は平均して三メートルほどであったという。関口には大洗堰があり、一旦水を堰止めて芥を除き、脇の小洗堰から、さらなる上水路へと水を流し、余り水はその

まま江戸川となって流れていった。上水路の水は水戸藩邸内を通り、懸樋《かけひ》で神田川を渡し、これが水道橋で、ここから木管（伏樋《ふせび》）の地下水道となって、江戸の町々へ網目のごとく配水されていった。その伏樋の総距離は67キロにも及び、上水を汲み取る枡（上水井戸）の数は三六六二個所と記録されている。

右様なわけで、関口の地名は、その大洗堰《おおあらいせき》、小洗堰の所在地からのものと思われる。

神田上水の完成は寛永六年（一六二九年）であるが、関口の地に芭蕉庵があるのは、実はこの神田上水に大いに関係があるのだ。

芭蕉は、伊賀の藤堂家の家臣であった頃、江戸でこの神田上水の改修工事の監督をしており、それは延宝五年（一六七七年）から延宝八年までで、芭蕉三十四歳から三十七歳の間で、この地にあった竜隠庵《りゅうげあん》という禅寺に居住していたのである。

そこで、芭蕉の没後、三十三回忌の際に、門弟たちがこの地に芭蕉堂を造り、碑を建て、竜隠庵を改めて芭蕉庵としたのである。

関口芭蕉庵は現在も史蹟として公開されており、芭蕉庵こそ戦後に再建されたものだが、芭蕉堂や池、石碑などは当時のままである。

ご参考までに所在地を記しておこう。

関口芭蕉庵　文京区関口二、十一、三

次に関口在住の頃の芭蕉の句を慮ってみよう。

延宝五年　三十四歳

あら何ともなや　昨日は過ぎて河豚汁《ふぐとじる》

河豚汁とは、ものの本によると、

「河豚の肉をよく水洗いして切り、塩を少し加えて酒につけ、薄味の味噌汁の中へ入れて煮、ひと泡ふいたところで食べる」

とある。河豚で私の覚えた最近の味は〝焼き〟と〝洗い〟である。

河豚の〝かま〟は鍋の主役であるが、それを特に願って焼いてもらうのはかなりの贅沢といえよう。醤油味を充分に浸み込ませてから焼いてもらう。手をベトベトにしながらしゃぶりつく様は、さながら猫が鼠を堪能しているかのような姿となる。

〝洗い〟は厚く切った身を湯引きしてから氷水に漬け、引き上げてから小口に切って、ポン酢で食べるのだが……涎が出そうなので、次の句に移ろう。

延宝六年　三十五歳

色付くや豆腐に落て薄紅葉

この句、豆腐の上に薄紅葉が落ちて色付いた、というだけの写生句ではないそうで、「豆腐百珍」にある〝紅葉豆腐〟を見て、逆にこの句を案じたのだという。

その〝紅葉豆腐〟とは、約するに、豆腐の中に唐辛子の粉をすり混ぜて、揚げて、蒸して、薄い味噌味で食べたものらしい……。おっとまた涎になった。

延宝七年　三十六歳

阿蘭陀も花に来にけり馬に鞍

長崎出島のオランダ商館長の一行は、毎年春に江戸を訪れて将軍に謁したという。

商館長（甲比丹）らの食事は贅沢で、ワイン、ビールなどの飲みものはもちろん、料理人からテーブル、椅子までをも持参しての道中で、甲比丹の乗る駕籠は最大にして豪華のもので、中でブランデーなどチビチビやりながらの道中であったらしい。

江戸での定宿は石町の長崎屋で、川柳に、

石町は遠い得意をもっている。

とか、
　長崎屋あっちのめしも喰って見る
とあって、長崎屋の家人は西洋料理のご相伴にもあずかったようである……。
こんな具合に、私の壷中には江戸のあれこれが満ち満ちているのである。

白魚盃

芭蕉の名句、
　明ぼのやしら魚しろきこと一寸
の初案の時の初五は、
　雪薄し……
であったという。
所は道中名物、焼き蛤でお馴染みの桑名で、時は貞享《じょうきょう》元年、芭蕉四十一歳の、十月であっ

た。この時の紀行文は『甲子吟行《かっし》』だが、旅立ちの句、

野ざらしを心に風のしむ身哉

から、俗に『野ざらし紀行』と呼ばれている。紀行文の書き出しは、

「千里に旅立て、路粮《みちかて》をつゝまず、三更月下無何《さんこうげつかむか》に入と云けむ、むかしの人の杖にすがりて、貞享甲子秋八月、江上の破屋をいづる程、風の声そぞろ寒げ也」

とあって、この句がある。

識者の解説によれば、芭蕉の愛読書であった『江湖風月集』にある偈《げ》、

「路粮を齎《つつ》まず笑ひて復た歌ふ、三更月下無何に入る、太平誰か整ふ閑戈申《かんかこう》、王庫初めより是の如き刀無し」

を踏まえての文章であるという。

文中の「無何」は無為自然のままの理想郷〝無何有《むかう》の郷《さと》〟のことで、

「泰平時だから安心して、食料も持たずに夜旅が出来る……」

という古人の言葉を頼りに、深川の庵を出立したものの、心の内には、

「末は野晒しに……」

という不安もあって、秋風が身にしむ思いであったのだろう。

この句は又、行年五十一、松尾芭蕉、最後の句、
　旅に病で夢は枯野をかけ廻る
を思い出さずにはいられない。

さて『甲子吟行』で、桑名へ着いた芭蕉は、

「草の枕に寝倦《あぐね》て、まだほのぐらき中に浜の方に出て」

と述べてから、
雪薄し……　と詠んだのを、後に、

「此五文字いと口おし」

と言って、初五を〝曙や〟に直したのである。この推敲により、冬の句が春の句になると共に、白黒の色やら姿やらが、一層鮮明に印象づいたようである。

私は、その〝しら魚しろきこと一寸〟の泳いでいる、赤絵のぐい呑み「白魚盃」を一対持っており、季節の楽しみとしているのだが、生憎と白魚の如き指のお相手には不自由をしている。「白魚盃」の作者は、桑名の誇る陶芸家加賀瑞山先生で、先年、桑名へ招かれて一席申

し上げた際に、先生から頂戴した逸品である。「白魚盃」の白魚には藻も描かれており、同じく芭蕉の句で、

藻にすだく白魚やとらば消《きえ》ぬべき

にも思いが走る。この句は芭蕉三十八歳の作で、

白露をとらば消ぬべきいざやこの
露にきそひて萩のあそびせむ

という和歌の調べに遊んだものらしい。

白魚を食べる方の楽しみでは、てんぷらの「みかわ」さんで揚げてもらう子持ちの白魚で、口の中で弾ける卵の感触は、口に指を立てて秘密にしたいような嬉しさである。あるいは又、浅草の「紀文寿司」で握ってもらう〝白魚の鮨〟で、同じく子持ちの白魚をさっと湯掻いて、海老のおぼろを間に敷いて握る美しさには、食べる前から溜め息が出てしまう。はた又、吸い物椀の風情も捨てがたい。正岡子規の句に、

白魚や椀の中にも角田川

とあって、江戸の彼方へ想いを運んでくれる。隅田川の河口にあった佃島は、徳川家康

が摂津の佃村の漁民を呼んで住まわせた漁師の島だが、春魁《しゅんかい》の白魚を将軍家へ献上するのを無上の誇りとしていたが、江戸の庶民もまた、格別の思いで白魚を賞味したと思われる。歌舞伎の『三人吉三』で、お嬢吉三の言う台詞、「月も朧に白魚の篝も霞む春の空」は、四手網で白魚を掬う佃の夜船の様子を謳ったものであろうし、それは即ち廣重や北斎の描く浮世絵の世界でもある。

白魚のどっと生る、おぼろ哉　　一茶

さて、我が「白魚盃」の出陣である。

盤《ばん》飧《さん》比《ひ》目《ら》魚《め》

大田蜀山人《しょくさんじん》の狂歌に

詩は詩仏書は米庵に狂歌おれ
芸者小万に料理八百善

というのがあるが、これには幾つかのバリエーションがあって

詩は詩仏画は文晁に狂歌われ
芸者お勝に料理八百善

であったり、

詩は五山書は鵬斎に狂歌おれ
芸者お松に料理八百善

などとあるが、料理八百善だけは不動であったようだ。

蜀山人の本名は大田直次郎で、最初の号は南畝《なんぽ》で出典は詩経の『大田《だいでん》篇』に依る。

大田多稼　既種既戒　既備乃事
以我覃耜　俶載南畝。

時に弱冠十五歳であった。

十七歳の時に、親代々の〝御徒《おかち》〟となり、将軍様がお出掛けの際のお供役である。

十八歳で『明詩擢材《みんしてきざい》』という作詩用語字典を出しており、私塾では特に優秀であったようだ。同年、戯れに作った狂詩、狂文が『寝惚先生文集』と題して出版されると、当時の

知識層で欲求不満の武士たちの共感を呼んで大評判を得た。

書名は当時の流行語で、〝先生ねぼけたか〟からの命名である。この一作で大田南畝の名は寝惚先生の異名とともに広く知られることとなり、続々と戯作の出版をする。

かくするうちに狂歌へも関心を示し、狂名を四方赤人、のちに四方赤良《よものあから》としたが、これは日本橋の酒屋四方屋久兵衛の赤味噌が〝四方の赤〟といって有名であったことから、自分の狂歌に手前味噌の意を含めて付けたようである。

狂歌の歴史としては、鎌倉時代に歌会の余興として詠まれたのがそもそもで、江戸時代になって、大阪を中心に町人の間にも波及をしていったが、古来からの風で〝詠み捨て〟が原則であった。

俳人・大島蓼太が、二十八歳の頃の大田南畝を詠んだ狂歌に、

高き名のひびきは四方にわきいでて
赤ら赤らと子供まで知る

とあるが、南畝は狂歌でも頓智縦横の才を発揮して、詠み捨てであったこともあり、狂歌に逸話がついて面白おかしく広く世間に知れ渡っていったらしい。

例えば、

「紀州の若殿様に呼ばれた蜀山人（南畝）が、若殿様の姿を見て即座に、

色白く羽織は黒く裏赤く

御紋は葵紀伊の殿様

と五色に詠んで、おほめにあずかった」とか、

「九段坂上にお屋敷のあった田安中納言に伺候をした蜀山人が、雪月花の題をされて、即座に、

雪月花きっと受け合い申し候

依ってくだんの上のお屋敷

と詠んだ」

とか、嘘か誠か、次々と〝蜀山人の狂歌ばなし〟が作られていったようだ。

ともあれ、天明狂歌といわれる空前の狂歌ブームを起こしたのは大田南畝であった。

全盛の君あればこそこの里は

花もよし原月もよし原

をやまんとすれども雨の足しげく
又もふみこむ恋のぬかるみ

などとあり、色里でもよく遊んだようだ。
遊里でのひいき客に土山宗次郎という男がいたが、勘定組頭という役職に在ってあくどく賄賂を取ったりしていたらしく、田沼意次の失脚と同時に、その罪軽からずというので死罪に処せられており、そんなことから大田南畝の身辺も不穏となる。

曲がっても杓子はものをすくうなり
すぐなやうでも潰す擢子木
孫の手のかゆき所へとどきすぎ
足のうらまで掻きさがすなり

などの落首も南畝の作ではないかという疑惑も生じたらしく、「是大田ノ戯歌ニアラズ偽作也。大田ノ戯歌ニ時絵ヲ誹《そし》リタル歌ナシ。落書躰ヲ詠《よみ》シ事ナシ。南畝自記」とあり、かなりの心労があったようだ。

以来、南畝は狂歌、戯作を断ち、一念発起をして、四十六歳で初めて人材登用試験を受け、見事に首席で合格をし、支配勘定の役職につく。大阪銅座や長崎奉行への出向もあり江戸を離れるが、大田南畝の名は行く先々に知れ渡っており、乞われるままに又狂歌の筆を取るようになる。

「蜀山人」の号は大阪銅座にいた時に、銅の異名〝蜀山居士〟から取ったものだという。役人・大田直次郎としては七十三歳まで勤めており、七十五歳の四月、芝居見物から帰り、平目でお茶漬けを食べて、一詩を残し、永遠の眠りについている。

酔生将《はた》夢死　七十五居諸《きょしょ》
有酒市脯《しほ》近　盤飧《ばんさん》比目魚《ひらめ》　南畝

おかげ詣り

江戸時代、伊勢神宮の檀那は五百万軒に達していたという。人口三千万人で変わらぬ時代であるから、日本中の家に大神宮様が祀ってあったということになる。それはきっと、伊勢神宮の〝御師《おんし》〟たちの勧誘術がすぐれていたからに違いない。御師の本来は祈祷師だが、その実は大神宮様のセールスマンというわけで、大麻《たいま》(お礼)を持って全国の檀那廻りをした。その時の手土産で最もよろこばれたのは伊勢暦であったというが、ことのついでに伊勢詣りの旅を勧めたものと思われる。御師はおの〳〵宿坊を持っており「ご一行様おん宿」ということでも利益を得たことだろう。宿坊ではお神楽のお祓いで歓迎をし、翌日は内宮・外宮のお詣りから二見浦《ふたみがうら》、朝熊《あさま》……、と観光案内までをもしてくれるとあって、ます〳〵の評判となっていったらしい。ことに、二十年ごとのお宮の建て替え、すなわちご遷宮の年のお伊勢詣りは熱狂的だったようで、

「何事も伊勢の大神宮様のおかげで……」

というので、どの街道も人の波であふれたそうで、これを〝おかげ詣り〟と称した……、というような話題から、お伊勢詣りを思い立ち、男女六人の〝ご一行様〟で出かけることになった。

その前に、今年初めて、連中で〝人間ドック〟へも入り、伊勢神宮へはその〝おかげ詣り〟というお題目も立てた。

なにしろ内宮・外宮の何かも知らぬ一行である。その読み方には病院の内科・外科を参考とした。参拝は八月一日の早朝ということにして、前日のお昼は「志摩観光ホテル」の鮑ステーキ、夜は伊勢の「大喜」で伊勢海老料理の予約をし、その間に伊勢神宮の別宮・月読宮《つきよみのみや》へ参拝をしたら、伊勢の神様のプロフィルが少し分かった。

月読宮は天照大御神の弟神・月読尊《つきよみのみこと》を祀ったお宮で、天照の威徳を太陽にたとえたのに対し、弟神を月にたとえて月読（月夜見）としたらしい。その兄弟神を生んだのが伊邪那岐尊《いざなぎのみこと》・伊邪那美尊《いざなみのみこと》の御親《みおや》神で、月読宮にはその両御親神が共々祀られていた。本宮は内宮・外宮に分かれており、内宮は天照大御神を祀ったお宮で、外宮はそのお食事を司る豊受大御神《とようけおおみかみ》を祀ったお宮である、と了解をした。

翌朝は八朔（八月一日）で、四時起きで二見浦の日の出を拝み、内宮を参拝し、門前のおはらい町で〝白鷹〟の立ち飲み（お清めだよ）をし、朝粥を食べ、赤福の「八朔粟餅」にもありついた。この日だけの八朔粟餅には未明の二時から人が並ぶほどの人気だが、好運にも売り切れ寸前のところを、しかも並ばずに買うことが出来た。続いて外宮を参拝、朝熊の金剛証寺へもついで詣り。ついでのついでに松阪までタクシーをとばして、お昼は「和田金」

で松阪牛のあみ焼、すき焼、しお焼を食べる。「和田金」の隣は「柳屋」で銘菓「老伴《おいのとも》」を買いつつ、目についたのが佐久間顕一先生の〝合掌童子〟の色紙で、伊勢詣りの旅に、また一つの好印象を与えてくれた。

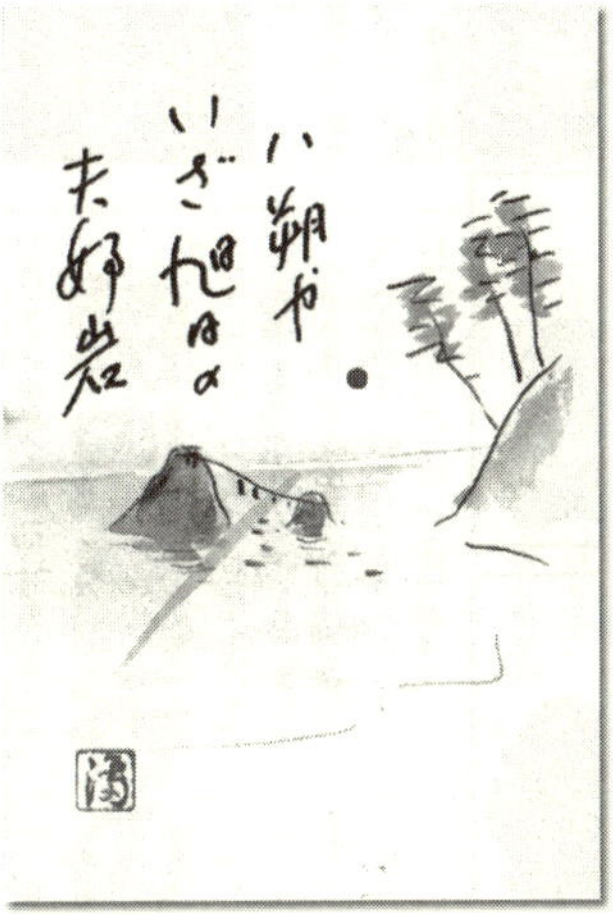

食べもの日句《にっく》

『にっぽん食物誌』（平野雅章著）という本が出た。サンケイ新聞に書評が載っていたので転載をさせてもらう。

本紙夕刊に百回にわたって連載された〝食べものエッセー〟をまとめたものである。春夏秋冬四つの章に分けられ、季節の素材を取り上げ、来歴由来、料理法、さまざまな人々との交遊などに俳句や和歌を加えて、一節一節小味のきいた料理に仕立ててある（中略）文末には、必ず柳家小満ん師匠の句がそえられている。

ばっさりと京菜の水を切りにけり

花菜漬け男子厨房に入る夜半

など、味わいが深い。ちょっとした工夫で季節感を盛り込んだ豊かな食生活を楽しむことができる本で、いつのまにか〝味読〟しているのがおかしいところだ。

とある。右の次第で、この本には私の句が百句載っている。前述の二句の他にも幾つか並べてみよう。

糠漬けの茄子はやわ肌艶ばなし

水晶葱夜のしじまを破りけり

海老跳ねてわが厨房は夏の陣
胡瓜一本天地を切って肴とす
煎り胡麻の跳ねて香ばし二三匹
椎茸の秋子に刻む十字かな
自然薯の発掘談やちろり酒

など〳〵だ。(念のため、講談社／一九八三年、一三〇〇円である)

食べものの句は楽しい。

いそまきのしのびわさびの余寒かな　久保田万太郎

うまいと思う。句はもちろんだが、この磯巻きがである。しのびわさびの工夫は句の工夫でもある。

蓮枯れたりかくて天ぷらそばの味

その項になると天ぷらそばが食べたくなるから不思議だ。

落語の中にもおいしい話は出てくる。
『三井の大黒』で左甚五郎がつぶやく
「……富山の鰤《ぶり》はうまいぞ」の一言は食指を動かした。
　寒鰤や飛騨高山の甚五郎
と句に仕立て直してみた。
『猫の災難』では鯛の頭が出てくる。
「……眼肉といってな、目のまわりが一番うめぇんだ。」
などと云う。これも句にした。
　ぜいたくは五月の鯛のかぶと焼き
武者人形の代わりである。
『目黒の秋刀魚』や『時そば』『うどんや』もおいしい噺だ。
　裏通りコックの菜の秋刀魚焼く
　寒き夜をふるう七色唐辛子
でどうだろう。

うまいものの印象句は日記代わりになる。ある夜のメニューをご披露しよう。

　海鼠腸《このわた》を首長くしてすすりけり

　海鼠腸の茜の雲をほどきけり

で始まった。酒は、

　鰭《ひれ》酒の鰭の焦げめの確かなり

とあるが、すぐに、

　鰭酒の忽ち常の伝法かな

　鰭酒の注ぎ酒《しゅ》の足の乱れけり

となったようだ。

　ふぐさしの鶴白鳥に似て一の箸

まず目で楽しんでからだ。

　ぼたぼたと鱈の刺身の重なりぬ

生の鱈は初めてで、目にも舌にも牡丹雪のような印象を受けた。

　大青柳もとよりばかの食三昧《しょくざんまい》

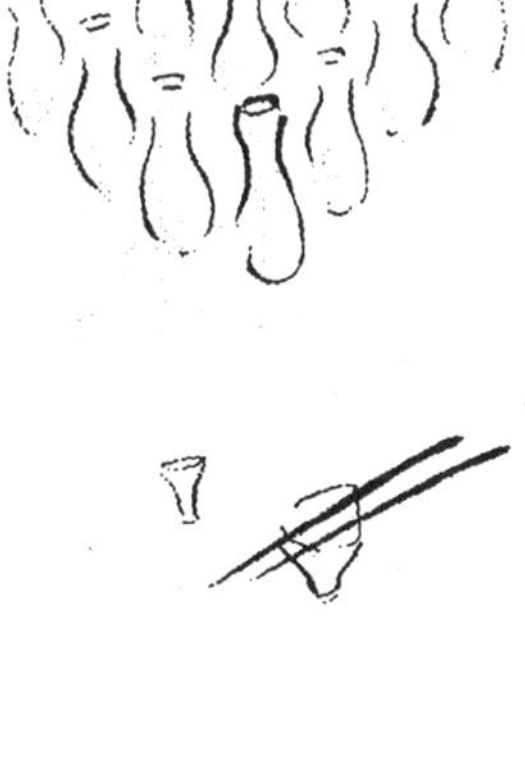

北海道産である。江戸前のものより数倍大きい。食べて迫力があった。

一月のまさかのそら豆待ちにけり

そら豆の湯気朦朧とあらわれり

冷凍ものでなく、ある。あれば好物だ。ふうくいって食べる。皮も残さなかった。

河豚鍋のわれ奉行なり女房なり

私が奉行になると葱、白菜、豆腐……、いっさいの具を入れさせない。河豚のみでゆく。鍋に投じた身は忽ちにして白身の王者となる。

河豚鍋のこの一瞬の醍醐味を

と、各人に推める。生のまま口にするのも豪儀なものだ。

河豚一塊のど越す快や奈落道

命がけである。河豚のみの鍋で作る雑炊はおかゆのように美しい。そこで一品、

厚々とべったら漬けの奢りかな

以上である。

ふぐ雑炊まず今晩はこれ限り　　小満ん

凪　久須美酒造

新潟には十九社の酒蔵がある。そのひとつ、三島郡和島村の久須美酒造をお尋ねした。

まずは、久須美酒造の話題作「亀の翁」の物語をご紹介しよう。

専務の久須美記迪《のりみち》さんは私より弱冠若いと思われる方で、酒造の将来を想い、杜氏の長老方を招いて座談会をひらいた。古きを尋ね新しきを知れ、というわけだ。席上、河合清さんが、

「昭和十年ごろ、亀の尾という酒米で造った吟醸酒があとにも先にも一番優れていた」と発言をした。

初めて耳にした〝亀の尾〟が久須美さんのロマンをかき立てた。

亀の尾の歴史はこうだ。

山形県の余目《あまるめ》に生まれた小作農、阿部亀治は、冷害による悲惨な体験から、低温に強い

稲の品種改良を考えていた。明治二十六年、寒冷、冷水の地に実っていた稲を発見、その三本を抜きとり採種し、純系分離を繰り返して、四年後に新種として生まれたのが〝亀の尾〟であった。

亀の尾は、その後の冷害に強さを実証し、しかも、良質、美味とあって、大正二年には山形県の米の五十四パーセントを占め、大正十四年の調査では日本の三大品種の一つに数えられた、という。戦後、近代農業にあった品種改良で、亀の尾の名は消えるが、それは、堆肥から化学肥料に代わった結果でもある。因みに、現在のササニシキ、コシヒカリのルーツは亀の尾であるという。

味には郷愁という盲点があるが、酒造り一筋、しかも数ある鑑評会の全てに受賞をしている杜氏・河合清さんの前述の発言は、久須美さんならずとも、信じたい。

以上の経緯から、久須美記迪さんは幻の米・亀の尾による酒造りに挑んだ。

幸い、県の農事試験所にあった保存種子を千五百粒分けてもらい、栽培を始めて二年後、亀の尾による純米吟醸酒が約半世紀の空白を越えて復活した。名付けて「亀の翁」という。

以上、稲垣真美先生に賜ったご著書『日本の名酒』を参考にして、ご紹介をした。

昭和六〇年二月、某パーティで、久須美記迪さんとのご縁を得て、蔵元をお尋ねしたい旨を申し述べ、快諾を得た。

お尋ねの日は三月で、上越新幹線の上野発は私の初乗りであった。地下四階からの発車で高架線への浮上は、飛行機の離陸にも似た出発といえよう。一時間四十分、世界に自慢のトンネルを幾つか抜け、長岡へ着いた。駅で久須美さんのお迎えを受け、車で三十分、蔵元へ向かう。

車中の説明で、新潟には信濃川をはさんで、西山と東山とあり、それ〴〵の山裾に十九社の酒蔵がある、と知る。久須美酒造は西山にある。

和島村に入り、「祝鶴亀」「清泉」と久須美酒造の酒名が大書きされた酒蔵が見えた。酒蔵の前の田地は久須美酒造の保有地で、ここで亀の尾が作られる。酒蔵の冠木門を入り、車から降りると、残雪の地に、酒の芳香がこよなき甘さで漂っていた。

酒蔵の頭《かしら》・大矢実さんの案内で酒造りの様子を見せて戴いた。蔵の内は清潔かつ神聖なる処であることを改めて実感した。

吟醸酒は、酒米の五十パーセント以上を精白した芯白で造る贅沢酒である。記念に、と所望をした芯白を掌に、わが家の神棚に祭ろう、と思いを転じた。

水は山からの賜りものであった。杉山の苔が濾過の役をなすという。杉材は樽造りの資源となった。杉山の大小は蔵元の誇りである。酒蔵が山裾に点在する理由も、これで解けた。久須美酒造は天保四年の創業で、裏山には樹令三百年の杉林が繁っている。井戸は浅く、山からの清水である。久須美酒造の銘酒「清泉」の名も、ここに因んでいる。「清泉」の酒米は地元の〝五百万石〟である。

亀の尾の稲穂を見せてもらった。穂は久須美さんの肩にも及ぶ丈高で、籾粒には長い毛が密生し、亀の尾の名を裏付けていた。

夜、料亭に席を代え、「清泉」の五年ものと、昭和五十九年度産の「亀の翁」を盛んに頂戴した。五年ものの純米「清泉」には甘露の風味に加えて、驚くべき新鮮さを感じた。若々しい古酒、に尊敬の念をいだきつつ、姐さん方の言葉を借りれば、心地よく〝舞《も》う〟た。「亀の翁」は物語りを知らぬ以前に飲んだ時よりも数段、素敵に思えた。事実、年々質が上がっているという。

久須美記迪さんは、日本酒にもヴィンテージ（年代もの）を、と語っていたが、大いに賛成である。

秋にはヨーロッパの酒蔵を尋ね歩いてくるという。

貯蔵用の大々的な穴蔵作りが、次なる大仕事となることだろう。

久須美酒造には、明治十八年の「清泉」も立派に現存しているというが、まずは、「亀の翁」の五年もの、十年ものが待たれる。百年、二百年のちには、文字通りの「亀の翁・」となるはずである。

日本酒は　その土地の米と水と人情と　自然が譲す　風　久須美記迪
と、どこかで、見た。

雨のカクテル　カメリア

春雨や東京駅の屋根三つ　　小満ん

この屋根は東京駅ステーションホテルの屋根である。煉瓦造りの建物に六角形だか八角形だかの屋根が三つあり、雨に濡れると殊更に味わいが増す。大正三年の建造であるから時代がついた味ともいえる。

このホテルのファンは相当にあるようで部屋の予約はなかなか取れないという。建物の老朽化に伴い取り壊しの噂もまたぞろ出ているようであるが、東京へお出ましの折にお立ち寄りを、ということで、東京駅ステーションホテルのバーへご案内をしてみよう。

ホテルの正面玄関を入って二階の回廊を心配になる位歩いていただくと、ようやくバー「カメリア」へたどり着く。カウンターへ座り、窓の下は駅のホームかと思うと、旅愁がある。先夜の私は、ビールのあと、ウォッカ・リッキーその他で、ステンドグラスの窓に雨の雫が流れて、カクテルの彩りとなっていた。

秋雨の雫となりて彩の窓　　小満ん

待ちましょう　正直屋

「待たせる鰻屋あるけど、行く？」

と、妙な誘いがあり、乗ることにした。ところは小田原の少し手前の鴨宮で、店の名を「正直屋」という。

注文で鰻を割き、計量をしてから串を刺す。何ゆえの計量かは知らぬが、その辺が正直屋のゆえんであろう。これから焼いて蒸す、その間にご飯を炊くというわけで、昔気質の鰻屋ということになろうが、今の世の中では悠長なことで、ということにもなる。

はるばるの道中、偏屈な顔など想像して行ったのだが、笑顔の夫婦店で、気に入った。

泥鰌と鰻の何品かを注文して、待つことしばし、どの一品もさすがにうまい。さて、おいとまを、という段になり、先刻誂《あつら》えておいたお土産の鰻を、と言うと、ごく当然の顔で、これからであるという。そこでまた、鰻を割いて計量して……、という全工程を待つことになった。気の毒なのは次なるお客で、順送りとして、それらをじっと眺めて待っていた。

安芸の宮島

広島の町中に宿を取り、近くの停車場から路面電車で四十分、さらに連絡船の十分で安芸の宮島へ着いた。

お出迎えは仲間？　のハナシカたちで、私の手にエサがあるものと勘違いをして鼻をすり寄せてきた。こうなれば私もお江戸のハナシカだ。手の中に甘納豆のあるつもりで、食べる仕草をして、最後はポンポンポンポンと手をはたいて、全部食べてしまったつもりだ。

ガッカリ顔の一頭に別の一頭が近づいてきて「あいつ、今なにか食ってたな」「それが、しかとは分からなかった……」と、そんな顔で私から離れていった。

さて、海中に立つ丹塗りの大鳥居は檜の原木をそのままに、別に四本の足を付け、横木には中に石を詰め、その重みだけで海中に置かれている。干潮時には砂浜が現れて鳥居の外まで歩いて行かれ、私も例の甘納豆で、鹿を連れて歩いてみた。満潮時には厳島神社の社殿や廻り廊の下も海となる。おみやげには紅葉万頭とお杓文字を買った。

お月様のように

昔、さる女性が、こんな話をしてくれた。

「私が子供のころ、お父さんが、ご飯はお月様のように、きれいに食べていくんだよ、って教えてくれたの、ね、いいでしょ」

そのころ、私の娘は幼稚園児で、さっそく同じセリフを聞かせてみた。翌朝、娘はトーストパンを丸く穴をあけて食べていた……というのは冗談であるが、その後も折あるごとに、お月様のように……を聞かせている。お陰で外で食事の際、食べ切れないで残すときは、お月様のようにきれいに残すことだけは身についた。

それにつけても、世のご婦人方のご飯の残し方の汚いこと、残さずきれいに食べるのを恥とでも思っているのであろうか。残すなら残すで、きれいにお残しあそばせ。茶碗や皿に飯粒が散乱していては、せっかくのマニキュアも指輪も、化粧もドレスも台無しである。こんなこと、大人になってからではもうだれも教えてくれませんよ。

「残すなら、お月様のように……」

がねみそ

北原白秋・作詞、山田耕筰・作曲の歌曲で『蟹味噌』(がねみそ)を聴いたことがあり、以来〝がねみそ〟なるものが気になってならなかった。蟹と味噌の鍋物を〝がにみそ〟という土地もあるが、詩の内容と違うし、北原白秋の生地は福岡の柳川であるから、そっち方面のものに違いないと見当はつけていた。

過日、筑後川辺で名物の〝鰻のせいろ蒸し〟を食べ、その前に〝エツ〟という年魚に一目惚れをし〝がねみそ〟の話題を持ち出したところ、それは〝がんずけ〟であろうということになった。有明海にいる片方だけ大きな爪の蟹を叩いて唐辛子で漬けたものであるという。

そして夜の酒席に〝がんずけ〟が出て、とりあえず〝がねみそ〟の思いが叶った。

『どうせ泣かすならピリリとござれ　酒は地の酒　蟹《がね》の味噌　臼で蟹搗き　南蛮辛子　どうせ　蟹味噌ぬしゃ辛い　酒の肴に蟹味噌噛ませ　泣《ね》えてくれんの　死んでくれ』

登城

処は北九州の小倉である。

「私がホテルのシェフだった頃は、もういろいろな有名人の方のルームサービスをさせて頂きましたが、石原裕次郎さんは特別素敵でしたねえ、あなたも一緒に飲みましょうよ、なんておっしゃってくれましてね、そんな方は後にも先にもいないですよ。とんでもございませんってお断りしても、まぁそんな堅いことを云わないで、なんておっしゃって、ジンフィーズを一杯ごちそうになりましたよ、その時の石原裕次郎さんの召し上がったものが当たったら、今日のお勘定はいりません。……、いいえ、ハヤシライスでした」

初春やうわさもナイス裕次郎　　小満ん

さてそこで、私の食べたものは、ジンフィーズにハヤシライス……ではなかった。甘鯛の風干し、牡蠣フライ、平目のオイル焼き、タンシチュー、ステーキ、パン、ケーキ、飲み物は生ビール、ワイン、テキーラで、さすがに食べ過ぎ、と気がついた頃に、石原裕次郎さんの話題が出たという次第だ。味自慢「パブニューたかつ」で次の機には、裕ちゃんメニューをお願いしよう。

旅立ちの清《すが》しかりけり冬の梅　　小満ん

翌日は熊本へ廻る。熊本でのご馳走はふぐの店「八丁」でまさかのキモに出会った。

「福柳や三津五郎さんのように、有名な人がフグで亡くなると、その土地は寂れますから、県条例でフグのキモを禁止するんですよね、大分や熊本は平気なんです。その代わり、キモを水でさらして血を抜くのが大変なんですよ、さぁ、どんどん召し上がれ」

私はつい先日まで、

「フグのキモは食べてみたいが、命と引き替えでは食べなくてもいい、いや食べない」

と断言したばかりであった。それが何と、まっ先に箸を伸ばしていたではないか。

「ああ、これが、フグのキモであったか！」

私は目をつぶり、心して憧れの珍味を味わっていた。

「いかがですか」

「ああ、しびれる」

「えっ」

「感激で心がしびれてます」

「まぁ、おどかさないで下さいよ」

仲居さんが、ことさらに喜んだ。

さぁ、フグのキモ味をどう説明したらよいだろうか。アンコウやカワハギのキモを引き合いに出す人がいるが、格違いである。

海のフォアグラとも云うが、私としては、フグに軍配を上げたい。

身締まり抜群のフグサシと、我れ忘れのキモに酒が〝香露〟ときては、成程、命もいらねぇ、と云いたくなる。

翌朝の目覚めもさわやかで、宮本武蔵が〝五輪書〟を書いたという霊巌洞やら、夏目漱石の〝草枕〟に出てくる峠の茶屋やら、落語・講談でお馴染み、〝西行〟の鼓が滝を訪れて、旅の最後は熊本城であった。

城内へ梅一輪の沙汰を告ぐ　　小満ん

ナシのハナシ

今年も又、各地の知人から梨の到来があって、毎日が口中よだれを垂らさんばかりのうれしさである。今また、千疋屋からの一箱が届き、礼状に一句ひねったところだが、

有の実の箱千両の重みかな　　小満ん

は少し大袈裟だったかもしれない。カタログによると、千疋屋の由来は千疋の郷（現・埼玉県越ヶ谷千疋）で槍術の指南をしていた弁慶という侍が、期するところあって江戸へ出て、天保五年（一八三四）に日本橋葺屋町に「水菓子安うり処、千疋屋弁慶」という看板で店を出したとある。昔の安うり処も今は全商品保証書付きという高級フルーツ店として、お

使いものの名店となっている。

水菓子の名にふさわしき梨の汁　　小満ん

梨の名前で子供の頃から馴染んでいたのは長十郎と二十世紀だが、共に魅力的な命名だと思っていた。『くだものの手引き』を見ると、長十郎は明治二十七、八年頃、現・川崎市大師河原の果樹園で偶然発見された品種で、発見者の名前をそのままに〝長十郎〟と名付けたのだという。赤ナシの雄として長く君臨していたが、近年は幸水、豊水などに人気の座を奪われたようである。

青ナシの雄は二十世紀で、こちらの人気は今だ健在のようだ。品種の発見者は現・松戸市の松戸覚之助という人で、時は明治三十一年（一八九八）であったというから〝二十世紀〟の命名は時代にふさわしく、かつ斬新なものであったといえよう。

今もなお二十世紀の青さかな　　小満ん

梨の歴史は古く『日本書紀』にもその名があるそうだが、栽培が盛んになったのは江戸時代で、東北から九州まで広く普及をし、品種も百五十種に及んだという。しかし、その生育は遅く〝桃栗三年、柿八年、梨の大馬鹿十六年〟とは、ちとお気の毒である。

梨を〝有の実〟と称するのは、むろんナシに対してアリの洒落言葉だが、近頃はめったに聞かれなくなってしまった。

古い話だが、私が内弟子に入って間もない頃、師匠のおかみさんから、

「有の実を買ってきな」

と云われて、薬屋で〝アリナミン〟を買って帰ったしくじり、あれは夢であったと、かたくなに信じて疑わない。

　有の実や病いはなしとしたきもの　　小満ん

も、今年の礼状句の一つであった。

　さながらに月なお青き梨をむく　　小満ん

これは、遠く山口県秋吉台の二十世紀への一句だった。秋吉台は三億年の歴史をのぞかせる大カルスト台地である。二十一世紀の月夜に想いをはせてみた。

　こほろぎのしとどに鳴ける真夜中に
　喰ふ梨の実のつゆは垂りつつ　　若山牧水

梨は酒毒にもよいというから、日々一升酒の牧水先生も、さぞ好まれたことだろう。

白玉の歯にしみとおる秋の夜の
酒はしづかに飲むべかりけり　　若山牧水

と対にして、口ずさむのも一興である。

殿様役

江戸の料理で、なぜか、ふと消えてしまったものが数あるという。そう発言したのは料理人・福田浩さんである。

一旦断えた料理はそれ相応の理由があったからで、人の口に合わないものばかり、との定説があるそうだ。しかし、江戸から明治への変貌は特別だ。新しい波に乗るために多くの財産を捨てた。料理の幾つかも、そうした波に消えたのだろう。

幸い文献は残っていた。それを基に味の再現をしてみようとコンビを組んだのが、前述の福田浩さんと女子栄養大学の島崎とみ子先生である。

お二人の作業は『江戸料理百選』という三百部の限定本に編まれた。労作である。私も深く意義を感じて一冊求め、何人かの智者にも薦めた。

内容は全品のカラー写真と文献の原文、解説、実践案内、等親切極まるものであった。

本を得てから、かれこれ半年、福田さんから突然のお誘いを受けた。

「一献すごしに来ませんか、今晩、七時半頃からボチ〱と……」

高座の都合も丁度良かった。手みやげには以前にご案内した『和菓子百楽』(仲野欣子著)を持参した。目で食べるお菓子である。

御相席は食通の映画評論家。荻昌弘さんと前述の島崎とみ子さんであった。

私の一献は二献三献へとあとを引く。

料理の数々は『江戸料理百選』のそれであった。料理方はもちろん福田さん、島崎さんは説明役、荻先生と私は殿様役である。殿様両名はただひたすらに舌鼓を打った。

料理の詳細は伏せておくが、これが何故消えてしまったのだろう、というものばかりで、新鮮な味、新鮮な喜びを得た。

しかし、やはり一、二の例を挙げねば話の要を得ないだろう。

大根の揚げ出しが出た。油が貴重品だったことを考えれば素材（大根）の安価とは別に高級料理であったことだろう。色よく揚がった大根の上に、下ろし大根をのせたところが、いかにも洒落ている。下ろし大根の上には、胡椒が振ってあり、これもひとつの驚きであった。江戸の料理に胡椒……落ち着いて考えれば、江戸はたか〴〵百年前、ごく最近のことなのである。断えた、という程の過去ではなかったのであろう。

紫蘇飯のあとで、玲瓏《こおり》とうふが出て、蜜に浸してあった。文献をご覧いただこう。

「玲瓏《こおり》とうふ、干凝菜《かんてん》を煮ぬき其湯にて豆腐を烹《たき》しめさまし　つかふ調味このみ随《しだ》ひ」

原文はたったこれだけ。苦労の程が知れよう。調味このみ随ひ、の指示に従い、蜜を使ったら美事なお菓子になったという。

ふと消えし月現れて涼しけり　　小満ん

天ぷら博士

私の知人に天ぷら博士がいる。この人、天ぷらなら三度三度毎日でもいい、というご仁である。初めての天ぷら屋では門口で鼻をクンクンさせて、

「うん、まあまあだな」

などと味を嗅ぎ当てる。そこで私が彼に〝天ぷら博士〟の称号を授けたという次第だ。

「天ぷらは揚げ立ての熱々を食べる、この一言に尽きるね、口の中の薄皮をはがさないことには天ぷらを食べたような気がしないな」

お説をもうひとつ承った。

「そうね、海老、穴子のうまさはもちろんだが、天ぷらの究極は、茄子だな」

確かに、口のやけどには茄子が一番である。

ときに、彼は久しく独身でいた。デートの度に天ぷら屋では、彼女らが飽き飽きしてしまうらしい。と思っていたら、ついに結婚をした。目下のところ、二人の仲は、茄子の天ぷ

らで熱々である。

鯊船《はぜぶね》

噺家連中で鯊船を出すことになった。当日船宿へ着くと、船は提灯の付いた屋形船であるという。他の釣り船はすべて朝早くに、遠出で鯵釣りに出たとのことだ。重ねて聞けば、今年は東京湾に鯊がいないのだという。商売人は、鯊が涌くとか涌かないとかという云い方をする。涌く年の鯊なら、一人百とか百五十という数が相場の〝入れパク〟である。

ともあれ、釣り船は船頭の腕次第、釣果《ちょうか》のあるなしは、船の持ってき場所による。

万事を船頭まかせとして、船が浅草橋を出る。鯊船の楽しみは釣りの他に天ぷらの食事である。船頭によっては、釣った鯊をその場で刺身にもしてくれる。ひらきにして潮水にさらし、潮風で一刻干しという手もある。酢で〆めて指で皮をむく、というのもオツ。などなど、飲み食いの方にも期待をして、船が柳橋から隅田川へと出る。この先、橋を幾つも潜り、やがて海へ出る……ものと信じていた。なにしろ船は船頭まかせ、釣果は場所次第である。ところが、船は幾つかの水門を抜け、やがて目黒川という思いもよらぬ処へ出た。川幅も狭く、両側には倉庫が建ち並んでいる。まさか、の思いもむなしく、船は鉄屑だらけの倉庫裏に止まった。つまり、そこが船頭の選んだ一番鯊の釣れる場所なのであろう。とはいえ、こちらは提灯沢山の屋形船である。しかも天ぷらで一杯やろうという楽しみで来ているのである。

「いやだぁ！　こんなとこで釣りをすんのは、いやだぁ！」

大の噺家が大声でダダをこねる。倉庫のあちらこちらから仕業服の人達が現われ、時ならぬ提灯船に、腹をかかえている。船にはテレビでお馴染みの圓蔵師匠もいる。やんやの大笑いである。

釣れなくてもいいから、と船頭を説得して船を返し、品川の海へ出る。さてそこで、船頭がわれわれ噺家をあっと云わせた。

「いけねぇ、エサをわすれてきた」

「……、マジだとさ」

ともかくも船を近くの岸へ着け、船頭はタクシーを拾ってエサを買いに走る。その間に圓蔵師匠の弟子が、めし粒で雑魚一匹釣りあげた。彼こそ名人である。

ようやく船頭が戻り、エサをつけたが、成程……釣れない。エサは、なくてもあっても同じである。仕方なく、天ぷらで飲む方へ場面を替えた。海老、女鯒《めごち》、いか、穴子、と天ぷらは豊富である。天ぷらの匂いにカモメが寄ってきた。かくして海老の尻っぽはカモメのエサとなる。鉤《はり》につければカモメが釣れるだろう。食後、再び竿を握り、船が場所を変えると、こんどはアタリがあった。

　高々と釣られし鯊の晴れ姿　　小満ん

初めての一匹は誇らしいものである。

　鯊釣りのしてやられたりつづけざま　　小満ん

隣りの竿も気になるものだ。

十人で五十四、という大漁であった。

　鯊船の釣果まず〳〵柳橋　　小満ん

寄席がハネたら行きたい店

寄席定席のある、浅草、上野、池袋、新宿

浅草

寄席周辺を味で語れとのことで、まずは浅草だ。寄席の名は「浅草演芸ホール」、所在地は浅草六区のヘソ辺り、と申し上げておこう。すなわち歓楽街の中心部と言いたいのだが、今はちょっと人通りがさびしいようだ。

往来の浅草は東京第一の歓楽街で、六区通りの賑わいは、写真で見ても、正にモノクロの名映画『巴里祭』の人込み、そのものである。「浅草オペレッタ」の人気なども、西洋文化への憧れであったようだ。〝浅草六区〟という語感も〝パリ十八区〟といったような響きにも似て、誇らしさが感じられる。

さて「浅草演芸ホール」の所在地を浅草六区のヘソの辺りと申し上げたが、その寄席の

すぐ前の、斜《はす》っかけの路地に「へその店　荒井屋」がある。活魚料理の小店といえば、店の様子が察せられよう。へその店の〝へそ〟とは、へそ曲がりの〝へそ〟である。きっと荒井屋の初代が、嫌なお客を断ったりして、

「あいつぁ、ヘソだね」とでも云われ、

「ああ、俺はヘソだとも」と胸を張り、

堂々と看板に掲げたのであろう。江戸っ子は総じてヘソなのである。

名人・桂文楽十八番の『船徳』で、

「四万六千日、お暑い盛りでございます」

と、たった一言での場面転換は、実に見事であった。久保田万太郎先生の句、

　四万六千日の暑さとはなりにけり

には、『船徳』の前書きが付いており、事程左様に名文句なのである。

折角でもあり、四万六千日の浅草観世音へご案内をしよう。観音様のご縁日は毎月十八日であるが、それとは別に「欲日功徳日」と呼ばれる縁日が各月にあり、この日に参拝をすれば、百日分、千日分の功徳が得られるとされている。中でも七月十日の功徳日を浅草

寺では「四万六千日」と大バーゲンにして人気を呼んだのである。尚又、七月九日、十日は「ほおずき市」としても有名で、境内所狭しの感で大賑わいをしている。「雷除け」の御札もこの両日だけですので、ぜひ社務所でお求めください。ついでに〝雷おこし〟もね。買わないと、ヘソを取られますよ。

私の入門は昭和三十六年で、師匠は前述の名人・桂文楽であった。その師匠の前で、たった一度だけ、胡坐をかいたことがある。

入門して間もない頃であったが、師匠が三味線漫談の柳家三亀松先生を誘って、浅草の「駒形どぜう」へ行った時のことだ。中板を挟んで、師匠と先生が胡坐をかき、お供の私が正座をした。すると、三亀松先生に、「ここでは胡坐をかくもんだ」と一喝され、師匠もまた、「覚えておきなさいよ」と口を添えたが、私としては何とも座り心地の悪い胡坐であった。

大きな下足札を傍らに置き、長い中板に並べられた七輪に〝どぜうの丸鍋〟を取り、箱入りの刻み葱をたっぷりと盛り上げ、山椒と唐辛子を振り、二合徳利で盃を傾けてごろうじろ。気分は江戸となるはずだ。

寄席から出て、六区の交差点を渡ると、「かっぱ通り」で、その右側に「どぜう」の大のれんで「飯田屋」がある。ここも近年、上がり座敷となって、雰囲気もよく、絶賛をしたい。品書きにはないが、鍋の前には〝どぜうの唐揚げ〟をぜひ、と耳打ちしておこう。

上野

上野広小路には「鈴本演芸場」がある。自社ビルの三階が寄席で、エスカレーターでご案内という、もっとも近代的な寄席だ。以前の「鈴本」には前庭があり、傍らにはお稲荷様が祀ってあって、打水をした入口はいかにも清々しいものであった。「鈴本」を出て、左の横町を「仲町通り」というが、昔は花柳界でもあり、家並みにも、さっぱりとした風情があったのだが、今はすっかり様変わりをして、アチャラカ横町の感である。講談の「本牧亭」の跡地も今は大パチンコ店だし、日本の町はこれでいいのかな。

仲町通りには「蓮玉庵」と「池の端藪蕎麦」という、二軒の老舗の蕎麦屋がある。

蓮枯れたりかくて天ぷらそばの味　　久保田万太郎

「蓮玉庵」の額は万太郎先生の字だ。不忍池が枯れ蓮の頃ともなれば、この句と共に〝天ぷらそば〟が恋しくなる。

「藪蕎麦」では〝焼海苔〟で一献傾けたい。湿気止めに、炭火入りの小箱で出るのが、洒落ている。〝せいろ〟の蕎麦も〝三箸半〟の量に驚く莫れ、それが即ちオツと心得よう。

この界隈には、私の大恩人の蕎麦屋があった。

仲町通り三つ目の路地を曲がってすぐにあった「ことう　更科」は多くの噺家に愛されていたが残念ながら閉店した。

私がまだ二ツ目の頃、毎夜のごとく現れては、僅かな握り銭で、うだうだと飲み興じていた店だ。その頃は深夜十二時半の閉店であったが、私が帰るのは二時半過ぎで、要は、店の夜食にもあり付いていたわけだ。

そんなある夜、旦那と女将さんから、新調の夜具布団を一式拝領した。仲間の噺家との馬鹿っ話に、私が貰い物の陸軍省払い下げの毛布一枚で寝ている、と言うのを聞いていたご夫妻が、密かに誂えてくれたのだった。

「そろそろ、毛布一枚じゃあ寒いだろ」

旦那の言葉は、優しく軽いものであった。

その晩、仲間の酔っぱらいと二人で、深夜三時すぎに、布団一式を頭上に、湯島の下宿まで、浮かれながら帰ったのだが、途中の交番で尋問にあったのも当然で、それが又、翌日の笑い話となって、深更に及ぶのだった。
「蓮枯れたり、かくて天ぷらそば、よりは夜具布団……」
と云ったかどうかは、記憶にない。

池袋

しぐるるや駅に西口東口　安住淳

池袋の西口にあるのが「東武百貨店」で、東口にあるのが「西武百貨店」というのも、ちょっと笑える話だが、池袋の北口から出て三分の処にあるのが「池袋演芸場」で、メロン色のビルが目当てだ。寄席を出たら、左へ行って、二本目の角店「うな鐵」が面白い。鰻の珍味串焼きで、カブトにヒレは他では食べられない。

新宿

新宿の「末広亭」は伊勢丹百貨店の前、中国名菜「銀座アスター新宿賓館」の裏の裏の路地、とナビゲートしておこう。寄席文字の招き看板がずらりと並び、最も雰囲気のある寄席だ。初めてでも、臆せずに入って頂きたい。「銀座アスター」へは、二ツ目の頃はランチタイムしか行けなかったが、ああ、パイナップルの入った酢豚が懐かしい。現在の店はますます立派だが、臆せず入って、北京ダックでも如何。

東京に上方落語の楽しさを教えてくれたのは、三遊亭百生師匠であった。

昭和三十八年、私がまだ前座の頃、新宿末広亭の昼席のトリであった百生師匠が、その何日目かに、

「小勇さん（私の前名）、ちょっと付き合ってや、師匠（桂文楽）には、あとでお断りするよって……」

と云って、新宿東口のビヤホール「新宿ライオン会館」へ連れていってくれた。私は内弟子の身で酒、タバコは禁じられていたが、小ジョッキーとタンシチュウをご馳走になった。

百生師匠は、その日は高座の出来もよかったのだろうが、とても幸せそうな感じで、

「文楽師匠にはなぁ……」

と云って、私の師匠、桂文楽についても語ってくれたが、それよりも印象深く聞いたのは、

噺の稽古のことで、

「家が狭いよってに、夜、みなが寝てしもうてから稽古をするのや……」

と語り、人知れずの稽古に余念がないことがよく分かった。

百生師匠については、詳しいことは知らないのだが、戦後、三遊亭円生師を頼って、三遊亭百生の名で東京へ移り、ほのぼのと明るく、陽気な高座と人柄で、楽屋の誰からも愛されていた。

チャカポコ、チャカポコ……、と愉快な阿呆陀羅経の入る『天王寺詣り』や、『野崎詣り』『三十石』『猪買い』『住吉駕籠』……、と連日の魅力ある高座が、その後まもなくにして聞かれなくなろうとは、まさかその時には思いもしなかった。

師匠は、ほどなくして入院、手術をしたが、それはどうやら癌であったようで、しばらく休席が続いたあとで、杖を突いて鈴本演芸場へ現れた師匠は大変うれしそうではあったが、やはり相当に衰弱しているのが分かった。そして昭和三十九年三月三十一日、惜しまれつつこの世を去った。

ええ、大阪の前座噺で、ご機嫌を伺います、大阪の二人連れでございまして……、その晩、一晩泊まりまして、あくる朝はもう早ようから起きましてね、あやしい案内人のひとりも雇いまして、奈良名所を見物に廻ります。ええ、皆さん、どうも長いことお待たせいたしまして相すんません、へい、お早ようさんでございます、ええ、わたくしがこれから奈良の名所古蹟をご案内をさせていただきます、どうぞこちらへおいでを願います……、この興福寺の境内は、昔はずいぶん立派なお堂が沢山ございましたそうでございます、いにしえの奈良の都の八重桜今日九重に匂いぬるかな、これは百人一首のうちの伊勢の大輔のお歌でございます、その八重桜を北へとりまして、どうぞこちらへ、ええ、こちらが東大寺、奈良一番の大けなお寺でございます。正面が大仏様でございます、お身の丈が五丈六尺五寸ございます、どうぞこちらへおいでを願います、裏へまいりますと大釣鐘がございます、厚さが八寸三分ございます、一辺撞くのが一銭でございます、こないだ一辺撞いて十円でつりを呉れえと云うたら、そんな大けなつりがねえ（釣鐘）と云うたそうでございます、どうぞ、こちらへおいでを願います、こちらが二月堂でございます、二月堂のご本尊は十一面観世音菩薩でございまして、ご身体にぬくみがあるというので肉身の像と申します、こちらへおいでを願います、こちらが若草山でございます、山が三重になっているので三笠の山と申します、真ん中に碑が建ってございますすな、奈良七重七堂伽藍八重桜、これは芭蕉の句でございます、さあさあ、どうぞこちらへ、こちらが春日様でございます、春日様には賽銭箱がございませんな、わしに賽銭を呉れるより鹿に煎餅の一枚も買うてやってくれえというのが春日様のご誓言やそうでございます、はなした鹿はかわいがってやれ、はなしか（噺家）はかわいがってやれえとおっしゃったそうでございます、はい、こちらが若宮様、走り元の大黒、これが有名な猿沢の池でございます、この池は魚が半分、水が半分、深さは竜宮まで届いてあるそうでございます。鴬の滝、大杉、三本杉と、くまなく見物をいたしまして二人はすっかりくたぶれました、案内者もつかれました、それでは、皆さん、さようなら……

と、これが私の聞いた、三遊亭百生師匠の最後の高座『奈良名所』であった。

春の鹿　二月三月　四月堂　　小満ん

わが師、文楽の思い出

女ばかりの会

むろん遠い遠い日の思い出だが、師匠のお供で芝の中国料理店「留園」へ行ったことがある。この日は新派の花柳章太郎先生の還暦の祝賀会で、師匠が一席申し上げることになっていた。師匠と花柳章太郎先生との結びつきは、師匠の十八番『つるつる』の〝旦那〟のモデルである〝ひぃさん〟こと樋口由恵さんが仲立ちである。

樋口さんは花柳界で名の通った旦那で、若き日の桂文楽を無理やり向島の料亭へ呼出して以来の付き合いで、年は〝ひぃさん〟の方が一つ上であった。落語界では押しも押されもしない大看板の桂文楽をつかまえて、

「おい、文《ぶん》や……」

などと言っていたのも、いかにも旦那の風格で、また師匠との付き合いの永さを感じさせた。師匠の話では、ある時など、突然やって来て、そそくさと箪笥を開けて紋付に着替え、

自分の着物は師匠に着せて、

「さあ、お供致しやしょう」などと言って、花柳界へと繰り出すのだったという。

〝ひぃさん〟のお座敷には必ず幇間が入ったそうで、それが師匠の得意な、幇間の出てくる噺にどれくらい役立ったかしれない、と言っていた。

〝ひぃさん〟の御贔屓は落語会では桂文楽であったが、新派の役者は丸抱えという程の旦那振りであったらしい。

花柳章太郎先生とは、毎年正月に、神田明神下の料亭「花屋」で〝ひぃさん〟と三人だけの新年会を、花柳先生が亡くなるまで続けていた。

そんなことから、樋口さんに頼まれて「留園」へ伺ったのだが、お供の私に、会の受け付け嬢達が、

「あなた、今日は女ばかりだから、大変だわよ……」と、意味ありげに笑いかけた。

師匠は楽屋ではなく、花柳先生と一緒の席に着き、私は会場の隅の方へ下がった。

会場には百名程もいたであろうか、全員男ばかりで、受け付け嬢の言葉に一寸裏切られた気がした。

まもなく師匠の出番となったが、高座はなく、講演台を前に、立ったままでの一席となった。師匠の噺は『明烏』であったが、その間に私の手を後ろからそっと握り、

「ねえ、あなた、噺家なんかやめて、私と一緒に暮らしましょうよ……」

などと囁く者がいて、これが節くれだった男の手でゾッとした。すると別な男も駆け寄ってきて、

「あら、あなたずるいわよ、ねえ、私とどっかへ逃げましょう……」

などと女の科《しな》を作るのであった。

よくよく見れば、全員が女形の役者で、つまり〝女〟ばかりで、女形の名優・花柳章太郎の還暦を祝おうという会であったのだ。

私への口説きも全くの洒落であったのだろうが、私としては師匠が演じている『明烏』の初《うぶ》な若旦那・日向屋時次郎そのままに、会場の隅で震え上がっていた。

師匠との帰り際に、受け付けにいた本物の女性から、

「ねえ、あなた、モテたでしょう……」

と声を掛けられたが、全くもってナメられたものである。

車に乗ると、師匠からも、

「おまえ、驚いたろう」

と言われ、師匠もまた会場で、何人もの愛の囁きを受けたことを告白した。

屋台の天丼

毎年十一月上席は、大阪角座への出演が吉例となっていた。「東西名人会」と称した大々的な興行である。私のお供は一度だけで、その後は師匠も行かなくなってしまったが、とにかく大荷物を持っての旅立ちであった。入れ子になったトランクが二つに、布製の大カバン、その他である。志ん生師匠が着物のまま信玄袋一つを提げて飄々《ひょうひょう》と出掛けるのとは大違いである。私の時は、師匠にしては珍しく、前日が小田原で昼夜の一門会ということで、大阪へは小田原から夜行列車での出立となった。

小田原での終演後、夜行列車までの時間を駅前の旅館で過ごすことになったが、何ともじめっとした薄暗い旅館であった。師匠と二人で部屋の四隅を見廻しているところへ、宿の主が黒々とした羊羹《うやうや》を恭しく持って挨拶に現われたが、その挨拶ぶりがいかにも古風で、ふだん愛想のいい師匠もさすがに言葉を失い、小さなお辞儀を繰り返すばかりであった。

主の去ったあとで、師匠は、

「おい、覚えておきなさいよ、今の呼吸を……」

と言ったが、確かにあれは『三人旅』の旅籠［鶴屋善兵衛］の主のようであった。

そのあとで師匠はまた、部屋中を睨《ね》め廻してから、

「おい、ちょいと〝ウイテキ〟でもやろうじゃねえか……」

と言って、寝台車での寝酒用に持参したウイスキーのポケット壜を取り出すのだった。

上方には東京のように〝前座〟という身分はない。舞台へ出る芸人は全て〝売りもの〟なのである。従って前座として上がる者でも羽織がいる。私は師匠から塩瀬《しおぜ》の羽織を拝領して行った。

高座返しは、赤い前垂れ姿のお茶子さんがやってくれる。これもまた絵になる。

楽屋では前座の私も〝師匠〟と呼ばれ、着物まで畳んでくれるのだから、舞台での芸と比べて恐ろしくなる。

師匠の高座は二十五分だが、『馬のす』を枕代わりにして、『しびん』『かんしゃく』『松

山鏡』『大仏餅』『素人鰻』などを、例の如くきっちりと演っていたが、連日団体客で埋まった三千人からの客席のウケはまるでひどいものだった。ウケるのは漫才の「ダイマル・ラケット」や「かしまし娘」や「宮川浪曲ショー」などで、笑福亭松鶴師匠なども連日『相撲風景』一本で押し通していた。

その時の東京からの他の出演者は、春風亭柳橋師匠と、紙切りの林家正楽師匠で、柳橋師匠のネタは漫談風の『とんち教室』で、何とかウケていた。正楽師匠の紙切りはスライドを使って大写しに見せていたが、ある日、酔っぱらいのお客が舞台の前まで来て騒いでいるのを、ニコニコと笑いながら、

「それでは、今度は貴方をお切り致しましょうかね……」

と言って、ネクタイを撥ね上げた酔っぱらいが、みやげの折りを持って千鳥足になっているところを切って見せると、ご当人の酔っぱらいがそれを受け取って、上機嫌でフラフラと帰って行った時には、三千人のお客様から大拍手が起こった。

師匠・桂文楽が、毎年角座へ出演したのは「東西名人会」の大看板として欠かせない存在であったからで、それはすなわち、高座で芸の格調の高さを示すことに他ならなかったよ

うだ。師匠の角座出演については、

「商売ですよ……」

という一言が耳に残っている。


角座での十日間、師匠の宿は「上方旅館」であったが、昼の部の楽屋通いの道すがら、師匠は、そして私も、屋台の天ぷら屋が気になってならなかった。白木を磨き込んだ小さな屋台で、いつでも二、三人のお客がいて天丼を食べている。主の足元にはバケツがあって、中には〝細巻《さいまき》〟よりもさらに一回り小さい海老がピチピチと跳ねている。上品そうな油の香りが鼻をくすぐる。屋台を通り過ぎる度に、師匠のコメントがつく。

「ああいう所で食べるのが、本当は旨いんですよ……」

「見たかい、あの海老を……」

「二百円だとさ……」

「あたしは莫大なおタロ（出演料）を頂戴してますからね……」

「桂文楽が屋台で食ってたよ、なんて言われたらまずいでしょ……」

「旅館の食事も結構ですからねえ……」

といった具合だ。何日もの逡巡があって、ついに、七日目だか八日目に、

「おい、食べてみようじゃないか」

と言って、屋台の小さな椅子に座り込んだのである。その天丼には小さな海老が五、六匹ものっていたであろうか、あっさりとしたタレがほどよく掛かっていて、大掃除のあとで御馳走になる天丼もさりながら、まったく別ものの旨さであった。

翌日からの師匠は、屋台の脇を通りながら、バケツの海老を悪戯っぽい目で盗み見て、

「おい、あれですよ、あれ……」と囁くのであった。

トラを蹴る

池波正太郎小説の中には、江戸庶民の旨そうな食べものが克明に出てきて、それも大きな魅力となっているが、われわれの演る噺の中にも時々珍らしい食べものが現われる。

旧師・桂文楽の演じた『富久』には〝ナンゴの腸《わた》ぬき目刺し〟なるものが出てきて、

「あ、これっ、ナンゴの腸ぬき目刺し！　これはオツなもんで、うん、旨い！」

と、いかにも旨そうに酒の肴としたものだが、何がどうオツなのか、どう旨いのかと気にかかっていた。そこで自分が演るにあたって、さる方に調べてもらったところ、ナンゴは〝南湖〟で茅ヶ崎辺の地名で、その土地では、昔はワラでなくヨシを使って目に通し、腸ぬきで干すので一塩味に出来たのだろう、とのことであった。以来、私も、この場面が楽しみで『富久』を演るようになった。

さて、先日の「柳家小満んの会」での一席は『梅若礼三郎』の初演であったが、噺の内容は池波正太郎の「鬼平犯科帳」風なものといえよう。噺の中には居酒屋の場面もあって、〝せうさい鍋〟なるものが出てくる。

「へい、さい鍋で一升！」

という通し声で、運ばれてきた鍋に、

「さあさあ、土足でやりましょう」

と箸を入れるが、土足で、という言葉も下町らしい気分のものである。ところで〝せうさい鍋〟であるが、ショウサイフグのことだと思うのだが、江戸時代の河豚は、はたしてどんな風にして食べていたのかということで疑問がわいた。芭蕉の句

あら何ともなやきのふは過ぎてふくと汁

にもある通り、当時は、河豚汁すなわち河豚の味噌汁がふつうであったらしい。むろん鍋でも食べたろうが、今のようにポン酢で食べたものかどうかと迷いつつ、当日の高座では、日頃のくせで、うっかりとポン酢で食べてしまった。

会のあと、すぐに、久ばし無沙汰をした「久仁」さんへ予約を取った。「久仁」さんは、誰の目からも仲のいい夫婦店で、活きのいい魚と、一年中の河豚で、しかもめっぽう安いとあって、私にとっては宝のような店である。壁いっぱいの品書きから、赤目の刺身を最初に、白身魚を一通り出してもらい、河豚の白子焼のあと、河豚鍋となったところで、久仁さんに前述の疑問を尋ねてみた。

「昔は、ポン酢でなく、割下でしょうね」

「やっぱり……」

「河豚も今と違ってトラ一辺倒でなかったろうし、値段も今のようにバカげて高いものでは

なかったでしょう」

「そうですとも」と、その点も大いに納得をする。

ときに「久仁」さんの河豚はトラの他に赤目と正才があり、特に赤目は私の好みで、これは「久仁」さんならではのものと、いつもねらって行くのだが、何分にも量に限りがある。しかし今回は充分にあるとのことで、トラを蹴って、赤目の鍋で大満足であった。

HILLさん

東京のど真ん中、神田駿河台には高名な山の上ホテルがあって、作家の先生方によって大いに喧伝されている。先生方の中にはカンヅメとか称して、ホテルへ泊まり込んで執筆をする方があるが、山の上ホテルは相当に快適であるようだ。私が山の上ホテルへ行くのは、飲んだあとの二次会、三次会でのバー「ノンノン」ぐらいであるが、タクシーへ乗って〝山の上ホテル〟と告げる時の気分は、ちょっとばかり上等である。「HILLTOP HOTEL」

という英語名も気に入っており、因みに辞書を引いてみたら、「英国では通例2000フィート(610メートル)以下の小山、丘をhillといい、それ以上の山をmountainという」とあって、topはその頂上である。

さて、今回はその山の上ホテルにある〝てんぷら、和食〟の店「山の上」へ、夫婦でお招きをいただいたので、その夜の上等気分を述べることにする。

お誘い下さったのは山の上ホテルへお勤めの小山正夫さんで、すなわちHILLTOPのHILLさんである。小山さんは私の隔月の独演会「柳家小満んの会」の常連さんであるが、特に面識はなかった。ところが過日、新潟県長岡市での会に美女三名を伴って駆けつけてくれて以来、〝山の上ホテルの小山さん〟ということで印象を深くしていた。その小山さんからのお電話で、

「山の上で、ちょいと天ぷらでも……」

という、うれしいお誘いになった。

予約のカウンター席には、いつぞやの美女たちもお揃いで、まずはビールで乾杯だ。

一刻を争うビール山の上　　小満ん

献立は、てんぷら、和食、それぞれのメニューがあるが、小山さんの予約は「お好みてんぷら」であった。お通しの小鉢を十七文字でいえば〝白玉の蓴菜《じゅんさい》オクラ三杯酢〟というわけだが、さっそく飲みものを「銀嶺」の冷酒にしてもらう。てんぷらは巻海老の頭から始まり、巻海老、キス、メゴチ、ハモ、イカ、穴子、野菜類では、小玉葱、ハス、小茄子、椎茸、アスパラ……、等が好もしい順序で出て、お酒も話も大いに弾む。板長の深町正男さん（現・てんぷら深町）は優しいお方で、カミさんのこまごまとした質問にも親切に答えてくれる。

「ずいぶん油を替えるんですねえ、もう三回目でしょう」

「ええ、どん〳〵替えます、油の力が違ってきますからね、もちろん召し上がって凭《もた》れるようなこともありませんし……」

「冷蔵庫は昔風ですけど、中は氷ですか」

「ええ、そうです、この通り……」

電気冷蔵庫は、魚が乾燥しやすいと聞いたことがあるが、それにしても、これだけ立派な氷の冷蔵庫を使っているとは、これぞ山の上ホテルの〝心〟と感心をした。

食事の仕上げは天茶、デザートにはサクランボを選んだ。

桜桃やこの美しき夜のために　小満ん

二八鍋

一月二十八日は初不動である。私は毎年、沼津の西浦河内にある山寺・禅長寺の初不動へ、落語の口演で伺っている。道中、三津浜からの富士山は毎年ながら美事である。海上を靄が覆い、前方にあるべき山々が消え、富士山だけが海上に浮かび立つ。群青の海に鷗が白波のごとく飛び交い、正面に白砂の富士山が浮かぶ、大スペクタル・スクリーンである。

さて、山へかかり、流れに添ってどん〳〵登って行くのだが、タクシーの運転手はたいがい途中で不安顔となる。それほどの山寺なのである。さほどの山中にもかかわらず、毎年大多数の、まさしく善男善女が集まり、大般若法要のあと余興の落語となる。いやその前に、さらに山の上遙かなところにある不動尊へのご参詣がある。大瀧という瀧もあるのだが、冬枯れで水帯は細い。高台へ登りつめると、お堂があり、戦争中には、ご婦人方が戦地の夫の身を案じて、お籠りをしたという。

お堂の脇では、今年は鍋が掛かっており、お清めの一杯と鍋の一椀をすすめられた。鍋の名はまだないという。そこで私が命名の栄を仰せつかった。とにかく戴くことにしたが、海山の幸がかまわず入っており、ざっと、ちゃんこ鍋の体《てい》だ。とくに椎茸と猪肉が土地の自慢とあって、余計に盛ってくれた。食べ終えて「二八鍋」と命名した。お不動様は二十八日と決まっている。そこで二八鍋である。中の具も二八の十六種類位は入っていよう。いや〳〵、猪だけでも四四の十六、と脇から助言があって、これで決まりだ。

禅長寺へ戻り、私の落語は『万金丹』。

山寺へ泊まり込んだ江戸っ子がにわか坊主となり、壇家の通夜へ行き、戒名を催促され、万金舟という薬の袋で間に合わせる、というかなりいい加減な噺である。ご住職・今杉康道師のお求めで、一席伺った次第だ。

ときに、猪の肉であるが、まことに体が温たまるようである。私も二・三度食べてはいるが、猪豚というかけ合わせの肉で、効能の程は定かでなかった。だが先日、六甲の宿で食べたという某ご夫妻が口を揃えて、体が温ったまって驚いたと云っていたので、確かなことであろうと信じている。

因みに、猪の肉を山鯨、鍋をぼたん鍋と称したのは、獣肉禁忌の逃れである。そこで、〝猪喰った報い〟などと脅し、なぁに〝猪喰ってぬくい〟のだと異をたてたらしい。

山寺の鍋でにぎわう初不動　小満ん

しみったれ

昔の噺家でガマ口の中にクサヤの干物を持ち歩いていた人がいる。

同じ噺家仲間と酒屋の店先へ立って、俗にいうカブト、つまり立ち飲みだ。一杯注いでもらったところで、件《くだ》んの噺家、やおら懐からガマ口を取り出したので、連れの方が、

「おい、いいよいいよ、今日は俺が払うから……」

と制したところ、

「違うよ、オカズを出すんだよ……」

と云って、細かく千切ったクサヤを出したというわけだ。実際、この師匠は始終ガマ口の中に酒の肴を忍ばせていたようである。名前は名誉になることではないので伏せておくが、しかしシャレたものである。

聞いた話であるが、酒の肴に輪ゴムを持ち歩いている人がいるそうだ。といっても別に輪ゴムを食べてしまうわけではない。店へ入ってお酒を注文すると、小皿を借りて輪ゴムをのせる。そこに醤油差しがあればしめたもの、上から醤油をかけて、輪ゴムを噛みながらお酒を飲むということらしい。輪ゴムは半永久的に使えるだろうから、ことによったら時計のクォーツにも負けない発明かもしれない。

落語の小咄にも似たようなのがある。酒の肴に醤油を飲むという人に、

「飲んではいけない、飲めば減る。醤油は箸で嘗《な》めるもの、さすれば薄くはなるが、だんだん増える！」

って、汚ない論法だ。醤油ばかりではない、酒をも箸で嘗めるという親子の噺もある。一箸嘗めて、

「ああ、いい酒だ！　もう一箸位いいだろう……」

酒樽へ二箸目を突っこもうとすると、後ろから、

「倅、深酒をするな！」

ずいぶん、しみったれな噺である。

鹿の巻筆と武左衛門

噺のマクラに土地の名物尽くしを申し上げることがある。江戸の名物には、武士　鰹
大名　小路　生鰯　茶店　紫　火消し　錦絵　と耳にも心地よく、追加分として、火事
喧嘩　伊勢屋　稲荷に　犬の糞　と続く。

京都の名物はきれいで、水　壬生菜《みぶな》　女　染物　針　扇　寺に　豆腐に　人形　焼物。
大阪は、舟と　橋　お城　惣嫁《そうか》に　酒　蕪《かぶら》　石屋　揚屋に　問屋　植木屋。
そして奈良の名物が、大仏に、鹿の巻筆　奈良晒《さらし》　春日燈籠　町の早起き、追加として、
奈良茶　奈良漬け　奈良茶粥、とある。

以上の中で私が求めて、好もしく思っているのが奈良の春日筆すなわち「鹿の巻筆」で、五色に巻かれた筆毛といい、赤い柄、その柄に差し込まれた五色紙と、実に美しいものだが、本来は神鹿たる白鹿の夏毛をもって製したものだという。それに「鹿の巻筆」の名は、噺家の歴史にも、いささか縁がある。

噺家のそもそもは『醒睡笑』という笑話集を著したお坊さん・安楽庵策伝であり、将又《はたまた》太閤秀吉公に伺候してご機嫌を伺った曽呂利新左衛門ということになろうが、下ってのち、京都には辻話の露の五郎兵衛が、また大阪には米沢彦八という軽口巧者が出て、この二人が両地の噺家の祖と云われているが、江戸に於ては鹿野武左衛門の名が上げられる。

武左衛門の本業は塗師であったが、座敷仕方咄の達者をもって聞こえたとあり、かつまた莚《むしろ》張りの小屋掛けで晴天八日間の興行をして木戸銭六文を取っており「武左衛門のゐるは

賑はし涼み台」の一句からも、その評判の程が知れる。元禄の頃には『鹿の子ばなし』や『鹿の子餅』などの小咄集を出しているが、それより以前に出した『鹿の巻筆』に、当時江戸の町に一万人からの死者を出した疫病に関する流言が載っていたとして、武左衛門は伊豆大島へ流罪となり、以後数十年、江戸に職業噺家の誕生がなかったのである。

花人たち

花の山幕のふくれるたびに散り　　柳樽

こんな川柳句を見るにつけ、江戸時代の花見風景が偲ばれる。幕の内には結構なお重が広げられ、瓢《ひさご》のお燗酒などに、

「おっと、散ります、散ります……」などと盃を受けていたのだろう。

折りしも一陣の風に幕がはらみ、花が散り、嬌声があがる……といったところだ。

湯豆腐に桜散り込む仲之丁

これは吉原での風景だ。仲之丁は吉原のメイン通りで、ここには三月一日を初日に、毎年数千本の桜が植えられたという。

箕輪の桜吉原に咲く

という短句もあり、吉原の桜は箕輪辺で別植えにされていたようだ。

あしたから花が咲きんすと文がくる

ちりせんうちにと文を八重に出し

とか、

女房にうそつく桜咲きにけり

などと、花魁《おいらん》からの誘い文に、いそいそとして出かけた者も多かったろう。

というわけだ。

仲之丁の両側には引手茶屋が並んでおり、その二階座敷での湯豆腐の鍋に落花が散り込むという風情には、場所が場所だけに魅力がある。

盃に飛花一片をうけとめて　　小満ん

これは上野の韻松亭の二階座敷での実際だが、この時の盃は持参のもので、城谷久美子さんの白磁盃に私が朱色の文字で、〝花〟と絵付けをしたものだった。受けとめた花びら酒は同席の美女たちにお廻しをしたのだが、これはとんだ余事であった。

楽しみは花の下より鼻の下　　仙涯和尚

話は再び吉原の桜に戻り、

傾城に寄りかかられて散る桜

などというのは風情があるが、

里馴れてくると桜はひんぬかれ

という運命でもあった。

今日きりの桜禿《かむろ》に折ってやり

折ってはならぬ桜でも、この日限りのものとあれば、一枝ぐらい許されたことだろう。

仲之丁の湯豆腐ではないが、向島の土手でそれを試みたことがある。江戸の御殿女中などのお花見では、着て来た新調の花見小袖を幕代わりに掛けたというが、私の場合は、真打昇進の際に使っただけの〝うしろ幕〟を使うことにして、あまたの知人に、

「一品持参の上で……」

と云って案内状を出した。宴半ば、七輪に土鍋をのせ、昆布を敷き……という時に、

「プー、プー」

と、あの懐かしい豆腐ラッパの音と共に、出前の豆腐屋さんにも来てもらうつもりでいたのだが……、夜来の心配が現実のものとなってしまった。春の珍事で、台風到来という次第であったのだ。それでも事前の処置として、近くの船宿を確保したおいたところ、嵐の中を二〇人ほどの酔狂人が現われて、それぞれ持参の山葵を下ろしたり、鯛を料《りょう》ったりというわけで、窓ガラスに叩きつける花吹雪には嬌声につぐ嬌声であった。宴も果て、船宿の桟橋から土手へ上がると台風一過の夜空には月も出ており、向島の土手は一面ピンクの絨毯と化しており、桜の花にも匂いがあることを初めて知った。

「ところでだ、辰ちゃん」

「なんだい」

「花見をしながら金もうけをしようてんだが、片棒かつがねえか」

「そいつぁオツだなあ」

「向島の土手で、樽酒を売ってみようというわけなんだがね」

「成程」

というわけで出かけるのが、落語の『花見酒』である。

たぽたぽと樽に満ちたる酒が鳴る
さみしき心うちつれて鳴る　若山牧水

と、歌人はメランコリーだが、落語の辰ちゃんたちは、至って陽気である。

「いい音だなあ、この酒の音、それにこの匂い、ああ、もうたまらねえや、辰ちゃん、俺に一杯売ってくんねえ、ほら十銭」

「へいへい、お待ちどおさま」

「ああ、旨いねえ……」

花見酒額をひとつ叩きけり　　小満ん

「こんどは、俺にも売ってくれよ、はい十銭。ああ旨え……」

と、二人で売ったり買ったりで、一樽の酒が全部売り切れたが、総売り上げが〆て十銭だった……というのだが、これも風流といえようか。

花の枝もって風雅なたおれもの　　柳樽

四月の風物詩『百年目』

落語の『百年目』は一時間近くもかかる大ネタだが、極々の要約をすると、隠れ遊びの番頭さんが花火の場所で、ご主人と鉢合わせをしてしまい、思わず、

「これが百年目……」

とばかりに土下座をしてしまう……という噺であるが、その花見の場面について慮ってみたい。

昔の大番頭とくれば、ご主人さえも遠慮するほどに権威のあったものだが、その番頭さんが店中の者に小言を振りまいてから表へ出たが、途中で木綿の着物を柔かものに着替え、芸者、幇間の待つ屋根船へ乗り込む。行く先は、上方落語では桜の宮、東京では向島の土手ということになっている。

さて、船は出したものの、番頭さんとしては、知った人に顔を見られたくないので、船の障子を締め切って盃を重ねていたが、とうとう暑くなり、障子を開けさせると、土手一面が満開の桜で、お花見の連中で大賑わいである。さあ、この辺からは落語の描写とは別に、当時の様子を探ってみよう。

手習の師を車座や花の稚児　　嵐雪

手習いの師匠が子供たちを連れてお花見に来ているのであろうが、寺子屋の師匠は浪人や神官が多かったというから、ここでは女手習いの師匠と思いたい。

『江戸名所花暦』によると、「花の頃、手跡音曲の師匠、門下の童子幼女を集ひて花見に出る。

又吉原禿の花見、上野、日ぐらし、墨田川など尤も多し」とある。

いっちよく咲いた所へ幕を打ち

いちばん見事に咲いた桜の木を選んで、幕を張り、席を設けたのである。この川柳句には元句があって、吉原の遊女たちが、浅草寺の奥山に桜の苗木を寄贈した際に〝かしく〟という花魁が自分の苗木に吊るしたという句、

いっちよく咲いたおいらが桜哉

のもじりである。

定紋であたりを囲むいい花見

左様、同じ幕でも紅白の幕などとは格違いで、定紋入りの幕とくれば、然るべきお屋敷のご一行様であろう。

花の山幕のふくれるたびに散り

これは上野の山か、飛鳥山か御殿山でもあろう。風で幕がふくれるたびの花吹雪に、幕の中から歓声が聞こえてくるようだ。

ほころびをのぞいてあるく花の山

幕の切れ間から中の様子を覗いて歩く連中もいたであろう。

　幕のうち花をあざむく顔ばかり

花にも負けない美人揃いと見たようだ。お姫様や御殿女中たちであろうか。途端に、

「無礼者！」と一喝された。

　何やっと幕の穴から奥家老

　花の幕そっと覗いてしかられる

といったところだ。

　隅田《すだ》の景でんがく串であいさつし

と、これも向島のお花見風景とみたい。

　田楽の味噌へ摺りこむ桜花

花の下での商いであろう。木の芽田楽、海胆《うに》田楽など、種類も豊富だったようだ。そこへ、

桜の花びらが〝摺りこむ〟という表現は、版画の世界と見ることもできる。

　短冊の豆腐も売れる花の山

田楽を〝短冊の豆腐〟という表現もオツではないか。

田楽も紙のいるのは美しい

ご婦人が懐紙を添えて食べているのだ。

向島には本式の田楽屋もあったようで、

田楽の跡へすましの吉野椀

とくれば、本寸法である。

黒塗りの吉野椀に蕨《わさび》か独活《うど》でも入った澄まし汁で、味噌味の口直しというわけだ。

花に背をむけて団子を喰て居る

〝花より団子〟を地でいったつもりなのだろうか。それとも見る方の皮肉なのかもしれない。

ところで、串団子の数と値段をご存じだろうか。江戸中期までは、一串五文で団子の数は五つであったそうだが、明和年間（一七六四〜一七七二）に四文銭が出来たために、一串四文で団子の数が四つになったのだという。

団子屋も臨機方便四ッつ刺し　　と、これが当時の記録である。

落下するそばに奴の高いびき

台無しに散るはと奴おこされる　げに尤もである。
生酔をふみ台にして花を折り　と、これもよくないが、
花の枝もって風雅なたおれもの　と、これで一幅の絵になったようだ。

さて向こうから、派手な長襦袢姿で、芸者幇間に取り巻かれて、浮かれ浮かれてやって来るのが、船から上がった『百年目』の番頭さんである。ご無事を祈りたい。

正月屋

江戸時代に「正月屋」という商売があって何を商うのかと思ったら「汁粉屋」のことであった。ただし、汁粉屋がなぜ正月屋なのかと尋ねられても、

「そんなことは汁粉（知るか）……」と答えるだけである。

古い歌舞伎の台本にも、

「そばや按摩の声ばかり、そのほかおでんに正月屋、わり竹かた棒、火の用心……」

とあるそうだから、振り分け屋台のおでん屋か二八蕎麦のごとき夜商人であったのだろう。汁粉の内容はその字の示すごとく晒餡で、京大阪では「善哉」と言い、小豆を丸のまま使ったものを「田舎汁粉」として差別をしている。

正月屋の値段は三都とも一椀十六文で、二八蕎麦と同格で、売り声は、

「御膳おしるこ正月屋……」

と言っていたようだ。

落語では『御膳汁粉』という噺があったが、永いこと埋もれていたのを桂米朝師匠の改作で『善哉公社』という噺になって現代に生き返っている。『御膳汁粉』は三遊亭圓朝作の『士族の商法』を膨らましたものだが、圓朝の作が活字で残っているので、ご紹介をしよう。

「上野の戦争後、徳川様も瓦解に相なりましたので、士族さん方みなそれぞれ御商売をお始めなすったが、お慣れなさらぬからうまくはまいりませぬ……」

という噺の枕があって、

　これはわたくしがまったくその実地を見て肝をつぶしたが、なんとなく一席のお話にまとめましたもので、小川町辺のさるお屋敷の前を通行すると、御門のくぐり戸へ西の内の貼り札が下がってあって、筆太に「この内に汁粉あり」と認めてあり、ひらりひらりと風であおっておったから、なんぞ話のたねにでもなるであろうと存じまして中へはいってみましたが、いっこう汁粉屋らしい構えがない。玄関正面には鞘形の襖が建ててありまして、欄間には槍、薙刀の類がかかっており、こなたには具足櫃《ぐそくびつ》があったり、弓鉄砲などが立て掛けてあって、いとも厳めしき体裁で、どこで食べさせるのか、お長屋かしら、こう思いまして玄関へかかり、

「お願う申します、え、お願う申します」

「どうれ」

　と木綿の袴を着けた御家来が出てきましたが、ただいまとは違ってそのころはまだお武家にえらい権があって町人などは眼下に見下ろしたもので、

「ああどこから来たい」

「へい、え、あの、御門の所に、お汁粉の看板が出ておりましたが、あれはお長屋であそば

しますのでげしょうか」
「ああさようかい、汁粉を食いに来たのか、それはどうも千方かたじけないことだ、さ、遠慮せずにこれから上がれ、履物は脇の方へ片付けておけ」
「へい」
「さ、こっちへあがれ」
「御免くださいまして……」
これから案内に従って十二畳ばかりの書院らしい所へ通ると、
「貴様は何の汁粉を食べるんだ」
「ええ、どこの汁粉屋でもみなこう札がビラビラ下がっていますが、えへへ、あれがございませんようで」
「うむ、下げ札はいま誂えにやってある、少し気取って注文をしたもんじゃから、手間が取れてまだ出来ぬが、御膳汁粉というのが並みの汁粉で、それに塩餡というのがある……」
「へいへい、それではどうぞその塩餡というのを頂戴したいもので」
「さようか、暫く控えていさっしゃい」

しばらくするとお姫様が、蒔絵のお吸物膳にお吸物椀をのせ、すうっと小笠原流の目八分に持って出てきました。

「これはどうもお姫様恐れ入ります。へいへい有り難う存じます」

あわてて一杯かっこみ、飛び出しましたが、あまり取り急いだので煙草入れを置き忘れました。すると続いてお姫様が玄関まで追っ掛けてまいりまして、

「これこれ町人待ちゃ待ちゃ」

「へい、何か御用で」

「これはおまえの煙草入れであろう」

「へい、これはどうも有り難う存じます」

「まことに粗忽だの、以後気をつきゃ」

「へい恐れ入りました」

どっちがお客だかわけが分かりませぬ。これから始まったのでげしょう、御・前・汁粉というのは。

というだけの一席であるが、しかしこの手の居丈高の素人店が、現在も如何に多いことか。

ときに、川上澄生の『少々昔噺』に、十二ヵ月という汁粉屋が銀座の裏にあって、「一月は何、二月は何、といふやうに十二月までお汁粉の種類があって一月から十二月まで一時にたべると褒美が出るという話を誰かにきいた」とあり「正月屋」のついでに、その後の噂話でもあったらと思っている。

川上澄生は明治二十八年に生まれ、昭和四十七年九月に七十七歳で没した版画家であるが、その本質はまさしく詩人であった。有名な『はつなつのかぜ』は私の密かなる愛唱詩であるが、それはさておき、華麗なる南蛮ものの版画には、遠く安土桃山時代にタイムスリップして、珍しい異国文化を遠眼鏡で覗くような楽しさがある。「南蛮船」の数々や「南蛮入津」と題した作品も多く、あるいは又想像上の「世界地図」や「日本地図」にも川上澄生の夢の世界が喜々として偲ばれる。現実であって現実でない世界、それが詩であり芸であろう。

絶作は革地に木版墨刷の『婦人と蛮船図』であるが、南蛮船をハンカチを振って見送る四人の婦人像は同年四月に亡くした妻と三人の娘さん達ではないかと想像されている。川上澄生は自らの南蛮船に乗って遠い世界へと旅立って行ったのであろうか。

人肌を乞う

盃を止めよ紅葉の散ることよ　　高野素十

このお酒は当然、お燗酒でなければならない。肌寒くなった頃のお燗酒には、言い知れぬ感興があり、それも歳と共に、思いが深まるようである。それには、季節感のお膳立ても必要と成ってくる。しかし、現行の太陽暦では、季節にそぐわぬ場合が多い。

菊の酒あたゝめくれしこゝろざし　　星野立子

これなども、旧暦の九月九日でなければ、お燗酒には適さない。古来、重陽の節句日には、菊酒や菊枕で長寿を願うのだが、現在の暦では、花屋に菊はあっても、自然の季節感とは一月以上も違うはずである。

我々の演じる、落語のお燗酒は、盃を持つ手つき、口つきで、お客様の飲み心を誘うようだが、あまり風流な場面はない。『鰻の幇間』では、夏の土用の日のお燗酒だ。

「ヘッ、大将のお酌で、いやァどうも、ご勿体ない、では、お言葉に甘えて……、うン、やれますかなァ、いえ、冷やはいけません、もう、どんなお暖ッかい内でも、やっぱりお燗をした方が……」

てな事を云って、いかにも旨そうに見えたのが、私の旧師・桂文楽の高座であった。

同じく桂文楽の『按摩の炬燵』は、冬、寒の内の噺である。幼い奉公人たちの足を温め、寝かせてやろうとの番頭さんの計らいで、酒好きの按摩さんに、お酒を飲ませ、炬燵代わりに成ってもらおう、という趣向だ。

「へい、宜しゅうござんす、てまえは御酒を頂戴いたしますと、火のように成って、そりゃもう、上等の炬燵で……、おやッ、もうお燗がついて、この湯呑で、へい、頂戴いたします……、ああッ、よいご酒でござんすなァ、だいち、お燗が天晴れですなァ、お燗番はどなたで、松どんですか、ああ、このお燗の具合じゃァ、あなた、いける口だね、いえ、番頭さんの前ですが、お燗は難しゅうござんす、下戸の方に燗をして戴いちゃあ、往生ですなァ、煮え燗にしちゃいます、人肌てえくらいなもんで、人肌過ぎてもいけません、ごく贅沢な方になりますと、友燗なンてんで、酒で酒の燗をする、なンてえますが、このお燗の具合じゃあ、松どんあァた、いける口だよ、いやあ、そうでないッ、番頭さんがいるもんだから、隠してるんだよ、いいとこあるね、松どんも……」

これ又、上戸の飲み心を誘う噺である。

火美し酒美しやあたためむ　山口青頓

粗茶だよ

「さあ、八ッつあん、お茶が入ったよ」
「有難うござんす」

「粗茶だよ」

「へえ〳〵、あッしゃあ、隠居さん処の、粗茶が好きでねえ……、いい粗茶だあッ」

「何だい、お前さんまで粗茶〳〵って……、あたしは卑下して、粗茶と云ったンだよ……、粗末なお茶で、粗茶だ……」

「ああ、言葉を詰めたンですね、粗末なお茶で、粗茶かあ……、じゃあ、今、敷いてンのは、粗座布団だね……、そこに粗火鉢があって、粗鉄瓶が掛かってて……、ご隠居さんなンざ、粗禿げ頭だッ……」

「何だい、粗禿げ頭とはッ……」

なンてえのは『道灌』その他、落語の「隠居物」でお馴染みの会話である。この『道灌』の会話をもう少し進めてみよう。

「ところで、粗茶菓子は、まだですか」

「茶菓子の催促かい、何がいい」

「そうですねえ、小腹が減ってますから、天丼でも、そいって貰いますか……」

「茶菓子に天丼ってな、ないよッ……、羊羹でも切ろうか……」

「羊羹ねえ……」

「嫌いかい……」

「嫌いッてンじゃ、ねンですけども、十本も食うと、ゲンナリしちゃって……」

「そんなに食う奴があるかいッ」

これから、床の間の掛け軸やら、貼り交ぜの小屏風に目がいって、話題が太田道灌の物語に成る、という次第だ。

こんな、たわいない茶飲み話も、今の殺伐たる時代と比べると、何と心豊かな事ではないだろうか。それに、ご隠居さんの勧めたお茶も、ゆっくりと間合いを量って淹れた、巧みな味の一煎に違いない。美味しいお茶を淹れるには、茶葉の質に適った、湯加減が肝心である。水の良し悪しは云うまでもない。

ご隠居さんのお宅では、鉄瓶の湯であるから、お湯も熟《な》れて理想的であろう。これを〝湯さまし〟に入れて、それとなき雑談で時を計るのである。

「八ッつあん、よく来たなあ……、今、お茶を淹れるよ……、まあ、ゆっくり、してっとくれ」

「いいンですか、ゆっくりして……、じゃあ、ゆっくり、しましょう……、今年一杯、ゆっくり……」

「そんなに、ゆっくりされても困るが、しかし、不思議だなあ、お前さんはお職人、あたしは隠居、それでいて、どっか気が合うてえのは、合縁奇縁とでも云うのか、お前さんの顔を見ないと、何となく物足りなくて、いけないよ……」

「ああ、合縁奇縁ねえ……、あッしも、そうなんですよ、隠居さんの顔を見ねえと、どうも、通じがつかねンですよ」

「人の顔で通じをつけるやつが、あるかい……、さあ、お茶が入ったよ……」

といった具合である。ここに出るお茶は、まさか玉露ではなかろう。玉露の場合の湯加減は、温かみの残るぎり〳〵まで冷まさないといけないようだ。水出し、氷出しの玉露はほんの一滴二滴で、口中の渇きを一掃してくれる。但し、その葉の分量たるや、冥利が悪い程の贅沢と云えよう。煎茶にしても、急須は小さくとも、葉はたっぷりと使って貰いたい。茶菓子の後の二煎目は、熱めのお湯で苦みが欲しい。それ、『饅頭怖い』のオチでも云うではないか。

「あの野郎、饅頭が怖い〳〵ッて、俺達の買ってきた饅頭を、みんな食ってやがらッ……、やい〳〵、てめえは、本当は、何が怖えンだッ」

「ああ、今度は、苦い茶が、一番怖い」

この煎茶の歴史は割合に新しい。その功労者は宇治の永谷宗円という人物であった。碾茶（抹茶）は甑（こしき）で蒸した葉を、焙炉で丁寧に乾燥させ、石臼で挽いて粉末にする訳だが、煎茶は、葉の成分を湯の中で浸出させるために、細く揉み込む事を必要とする。この揉む工程は、従来の番茶では、筵《むしろ》や笊《ざる》の上で行われたが、天日干しのため独特の日向臭さが出てしまう。そこで彼は碾茶の技術を応用して、焙炉の上で両手を擦り合わせて、揉みながら乾燥させる事にした。この結果、鮮やかな緑茶として飲めるように成ったのである。この新製法を、江戸の茶商・山本嘉兵衛方へ持ち込んで、絶賛をされたのが寛保三年（一七四三）であったという。

茶のはしり財布に入れて売りに来る

これは、安永年間（一七七二〜一七八一）の川柳であるが、一服一文の〈新茶売り〉が、江戸の町々を売り歩いていた事が分かる。

一文が茶を買う上ではとときす

小さい銭をくださいと新茶売り

一服一文の小袋茶とあれば、今でいう〈ティパック〉であるが、それを江戸の町々へ売りに来たのが、嬉しいではないか。

四里四方見て来たような新茶売り

お茶に関してもう1題、『お茶汲み』という噺をご紹介しておこう。その前に、煎茶以前のお茶は〈淹れる〉ものではなく、〈汲む〉ものであったという事をご承知願いたい。

夏の日に天道干しのお茶なりとわれらが為には飲むぞ涼しき

これは、寛永年間（一六二四〜一六四五）のものだが、街道筋の茶店で、団子でも頬張りながら飲むお茶は、へっついの茶釜で煮出した番茶であった。農家の囲炉裏端で飲むお茶もむろん同じである。そんな暮らしの中でのお茶は、淹れるよりも、汲むという感覚であろう。

しかし、番茶も上等なものになると、夏の土用の盛りに、茶の葉をしごき取り、大釜で茹でてから揉み、煮汁と一緒に大きな桶へ漬け込んで重しをし、発酵をしたら、筵に広げて、天日で乾燥をさせるのだという。先年、徳島の人から頂戴をした〈阿波番茶〉など、実に味わい深いものであった。もっと素朴なものでは、枝ごと切って吊るしておき、鍋で焙じたものを、晒の茶袋に入れて薬罐で煮出すという。京都で飲む〈京番茶〉なども又、そこはかとない雅味が感じられる。

と、そんな次第で、土地柄により、お茶は淹れるのではなく、汲むものであったのだ。

さて、噺に入る。

「夕べ、俺は面白え遊びをして来たぜ」

「吉原でか」

「うん、初めて上がった店で、女が長々とした寝物語で云うのには……、女が昔、惚れ合って、今は死んでしまった男に、俺が瓜二つだッてンで、嬉し泣きだッ……、ところが、目の縁に茶殻が付いてるから、おかしいと思ったら、湯飲みのお茶を、にせ涙に付けてやがったのよッ」

「へえッ、こいつァあ、面白えや……、ようし、俺も行ってみよう」

ッてんで、物好きな人があったもんで、その女の寝物語を、詳しく聞き覚えて、吉原へ行き、件の女を呼んで、男が、そっくり同じような寝物語をして、

「だからよう、花魁……、俺が昔、惚れ合って、死ンじまった女におめえが瓜二つなンだよ……、俺はもう、今夜は、嬉しくって、嬉しくって……、おいおい、花魁、どこへ、行くン

だいッ……」

「ちょいと、お待ちよ、今、お茶ァ汲んできて上げるから」

空也最中

私がまだ二ツ目の頃、お茶を習っていたことがある。

江戸千家・川上宗雪宗匠のお宅は上野池之端にあり、毎週のお稽古日には、あまりの居心地の良さに終日居座って帰らなかったものだ。

当時、江戸千家の重鎮の一人に「空也」のご主人（先代）がいて、魅力的なお人柄であった。

「空也」は現在は銀座にあるが、元々は上野池之端にあったというから、江戸千家とのご縁は当然かもしれない。お稽古日のお菓子には空也の最中がよく出たもので、大きさ、香ばしさ、味……、全てに敬意を払ったものだ。

ご主人は河豚で亡くなった坂東三津五郎丈と親交があったが、初代は九代目団十郎と親しかったそうで、初代が団十郎を訪れた時に、長火鉢の引出しにあった最中を一寸焦がしてからすすめてくれたのがヒントで、今日ある空也が誕生したのだと、茶席で直接伺った先代・山口彦一郎さんの好々たるお顔が懐かしい。

初夏を空也最中の香りけり　　小満ん

孤篷庵にて

昔、駕籠屋さんの符牒に〝喜左衛門〟というのがあったそうで、お腹の減ったことを云います。そこで小咄、

駕籠屋同士が前と後ろで、

「なあ兄弟、俺は喜左衛門だぜ」

「俺も喜左衛門だ」

駕籠の中でお客が

「あたしも喜左衛門だよ」

さては符牒を知ってたかと、

「旦那はいつ頃から喜左衛門で？」

「先祖代々」


さて、落語では狐や狸が口を利いたり、又、小説でも猫やカッパがおしゃべりをしています。

そこで私も……私は茶碗です……これから大いに語ってみようと思います。

すなわち、私は陶器（トーキー）、って下手なシャレだね。

ところで、自分を何と称してよいやら、我輩というのは猫が使ってしまったし、俺だとか僕では人べんが付くし、茶碗のことで、手前とでも云っておきますか。

手前生国と発しますは朝鮮です。名前は井戸喜左衛門。前記の小咄はお土産代わりです。

国（朝鮮）に居る時分にはめし茶碗として、ごく平凡な暮らしをしていました。日本へ来て、まさかこんなに大事にされようとは、そこ（底）までは気がつかなかった、ってなもんです。

なにしろ、井戸端にころがっていたところを拾われて、舟に乗せられ、連れてこられたというわけで、来た当座は、ただ、井戸、井戸と差別用語で呼ばれていたものです。

やがて当時の将軍義政公にお目通り、信長公から秀吉公、家康公と、四代にわたって将軍様のご寵愛を受けたのですから、我ながら偉い出世です。

しかし、玉の輿へは乗ってみたものの、〝一国一城にも換え難き品〟とか云われ、扱いの大仰なこと、窮屈で窮屈で、実に気ぶっせえでなりませんでした。

とうとう関が原の合戦の折、そのどさくさに紛れて失踪をし、巡り巡って江戸へ来て、芝の裏長屋で閑居です。

その時分が一番幸せだったかなあ。

主は千代田目卜斎という浪人でした。奥方に先立たれて、お嬢さんと二人暮らし。そのまたお嬢さんが、いイ……い女。が、なにしろ浪々の身の上。昼間は近所の子供を集めて素読の稽古、夜は表で売卜《ばいぼく》と、何とか露命はつないでいたものの、雨でも降り続こうものなら忽ち三度の食事に事欠く始末です。ついには先祖伝来の仏像を手離そうということになり、屑屋さんを呼んで値踏みをさせました。

ところがこの屑屋さん、正直な男で、私は目が利かないので骨董品は扱いません、と断りましてねえ。その時の会話は次の通りです。

「屑屋さん、お前さん、この仏像の出所を胡乱《うろん》に思っておるのではないか。家の中の暮らしむき、娘の身なり、わしの粗服を見て怪しく思っておるのであろう」

「いえ、決してさような事は思っておりません。ただ、全く目がききませんものですから……」

「屑屋さん、頼む。幾らでもよい、勝手元が不如意につき売り払いたいのじゃ、買うてくれぬか」

「ではこう致しましょう。失礼ではございますが、ここへ二百文置いてまいります」

「二百文で買うてくれるか」

「いえいえ、ご仏像は頂かなくてもよろしいのでございます。その代り、これからちょいちょい寄りまして紙屑を頂戴にあがります。これはその手付けと思って下さいまし」

「それではわしがその方から施しを受けるようなものだ。他の屑屋に売るから、もうよい、帰れ」

「わかりました。それでは、このご仏像、二百文でお預りいたします。で、もしこれが二百文より高く売れましたら、その儲けは分割りという事に致しましょう」

「分割りなどせんでも、儲けはその方の器量である」

「とにかく一応、私がお預りを……」

って、その清兵衛という屑屋さんが、鉄砲笊へ仏像を放り込んで帰って行きました。で、何日かすると、例の屑屋さんがやってきて、

「こんちわ、お嬢さん。あ、先生、この間は有難とうございました。先日お預りいたしましたご仏像ですが、あれが三百文で売れまして、百文の儲けです。お約束ですから半分の五十文お持ちしました。お納め下さい」

「さように堅いことをせんでもよいのであるが、その方の好意ゆえ礼を云って頂戴いたそう」

「それから先生、ここにあと五十両ございます」

「なんだ、その五十両は」

「実は、あの像を買って下すったのは細川様の御家来で高木作左衛門というお方でございまして、あとであの仏像を磨いておりましたら、台座の底が抜けて中からこの五十両包みがころが

り出てきたんだそうです。仏像は買ったが、金子を買ったわけではない。先方へお返し申してこい、と言付かりまして持ってまいりました。どうぞお納めを」

「……一旦わしの手から離れた品、もうわたしのものではない。受け取るわけにはまいらん、返してまいれ」

「……へい」

可哀相に屑屋さんが行ったり来たり。

高木さんの案で、五十両を二つに割って、二十両を二つ拵えて十両の端《は》を造りました。二十両は手前の主に、あとの二十両を高木さんが、十両の端を屑屋さんに骨折りとして納めさせる、ということにしました。

すると、手前の主、千代田卜斎が、

「百両の担保《かた》に編笠一蓋《いっかい》、という言葉がある。二十両受けとる代りに何か一品譲り渡そう」

と云って、いきなり手前のことを指さしたというわけなんです。

いや、びっくりしましたよ。

それまでは毎日めし茶碗に使われており、故郷朝鮮と同んなし扱いで気楽に暮らしてましたからねえ、まさかと思いましたよ。

すぐに屑屋さんが鉄砲笊へ放り込んで高木さんのお宅へ。

さ、この話が細川家の評判となり、越中守様がご覧になりたいというので、さっそく殿中へお目通りです。

かねがねお道具には造詣が深いと聞いてはいましたが、さすがに細川様はお目が高いや、一目見るなり、

「おう、喜左衛門ではないか！」

って身分がバレてしまい、

「高木、この茶碗、予が預りおくぞ。これ、作左衛門に三百両下げつかわせ」

ということになり、又も窮屈な暮らしに逆戻りをしてしまった、ってわけです。

エッ？　千代田卜斎のその後？

なんでも高木さんが、前例に習ってその三百両を二つに割って屑屋さんに届けさせたら、今度は素直に受けとったそうですよ。

「その代り、高木氏に譲りたいものがある。わしの娘を妻として娶ってくれるなら、この

百五十両は結納金として喜んで受けとろう」

って、うまい取り引きですな。

高木さんも二つ返事、

「それだけ骨のある浪人のご息女とあらば間違いはあるまい」

間違いがあるまいどころじゃありませんよ。前にも云った通り、そりゃあいイ……い女なんですから。もちろん気立てもいいし、だいち苦労をしてますからねえ。

それに高木さんだってイ……い男だし、おまけに人間が真っすぐで。

めでたく似合い夫婦が出来あがったということです。

どうです、私の身の上話、落語にでもなりそうでしょう。

エッ、もうとっくになってる？　『井戸の茶碗』というんですか、いやあ、ちっとも知らなかったなあ。

…………

オチはどうなってます？

間に入った屑屋の清兵衛さんが、

「高木さん、あのお嬢さんを磨いてごらんなさい。いいご新造になりますぜ」

「いや、磨くのはいかん、また金でも出ると厄介になる」

…………

成程成程。

なに、喜んでる場合じゃない？　お前の話は事実と違う？　オヤ、どこが違いますね。

「喜左衛門井戸というのは、大阪の豪商竹田喜左衛門が所持していたところから付いた名で、一六三四年（寛永十一年）に本田能登守忠義の所持となり、一七五一年中村宗雪に、一七七二年金五百五十両で松平不昧《ふまい》公の手に渡り、その子月旦が、この茶碗所持の者には代々腫物の祟りがあるとして、一八二二年京都大徳寺の孤峰庵へ寄贈した」。

と美術年鑑に書いてある、って、嘘だ嘘、嘘。オレは茶碗だ、オレが喜左衛門、当人が云ってるんだから間違いはない。落語が本当だ、美術年鑑くそくらえ。井戸喜左衛門はオレなんだ、オレは喜左衛門、喜左衛門…………ああ、腹が減った。

孤峰庵にて

陶芸家　三上 亮さん

三上亮さんが「飯茶碗・百種千椀」の作陶に挑んでいる話は天ぷら屋の「みかわ」さんから聞いており、個展のその日を待ち望んでいたのだが、あいにくと私の気ぜわしい日々と重なってしまった。

その、気ぜわしい日々から説明をすると、毎年二月の私の誕生日を発行日として百句づつの句集を出しており、五百部限定の通信販売とさせてもらっている。義理買いの方も多いと思うのだが、それでも毎年、もうそろそろではないでしょうか、などというお便りをいただいたりして気をよくしているのも確かである。

というようなわけで、毎年二月のその頃は句集の発送等で大童の毎日とあって、三上さんの「百年千椀展」へは五日目になってやっとかけつけたのだが、はたせるかな、千椀と追加の百椀も、一つ残らず売約済みで、残念至極という他はなかったが、三上さんは、

「飯茶碗は、日本人として、焼ものの原点です。これからもずっと、生涯、どんどん作っていきますから」

と云ってくれたのは、うれしかった。

三上亮さんについては、前述の天ぷら「みかわ」のご主人・早乙女哲哉さんが、「三上さんには不可能がないというくらい、次から次へと無理難題をこなしてしまうから、あれは天才かな」

と、手離しの絶賛をして惜しまない。因みに云えば、早乙女さんは天ぷらの名手であるが、陶芸にも造詣が深く、浅野陽先生を師事して、芸大へ通っていたこともあり、現代陶芸作家の大コレクターでもあるのだ。

三上亮さんについて私が知ったのも、その「みかわ」さんで使っていた黒釉《くろぐすり》の徳利が最初で、その後に伺った個展では、猛烈な勢いの制作意欲と、水々しい才能とを垣間見たと思っていた。

さらにその後、三上さんとは、私の信奉をしているさる廣東料理店でご一緒したのだが、その時、その店のマスターが、

「私は、中国人の師匠から、常にゼロになれと教わりました。そこから又新らたな出発が始まり、努力が生まれるんです……」

というようなことを、会心の料理のあとの興奮もあってか、熱っぽく語ったところ、三上さんも又、

「僕もその通りだと思います。僕も常にゼロになって仕事をしたいと思っていますので、今日のマスターの言葉には勇気づけられました」

と、こぶしを固めていたが、今回の百種千椀展を見て、また、

「飯茶碗は、原点です。これからもずっと……」

という言葉に、無欲の意欲を感じ取った。

三上さんの作品には芸術センスと美しさがあると思うのだが、いわゆる芸術作品に成り上がっていないところが好ましい。

陶芸家のほとんどが食器作りを格落ちの仕事として敬遠しており、ましてや、めし茶碗の注文には不快な顔さえ示すのだが、毎日使うめし茶碗に一生ものの惚れ方をされたら、陶

芸家として、それは本望ではないかと思うのだが、どうだろう。

「飯茶碗・百種千椀展」には、白飯用もあれば、赤飯、粥、中華粥、混ぜ飯、具のせ、茶漬け、……と、それぞれの用途を想定して作られており、大きさもいろいろで、工業デザイナーの先生方が、

「手にあった大きさは、これ」

と決めつけてしまうような、夢のない世界のものではない。

「三上さん、私の師匠の桂文楽は、大ぶりの染付茶碗に、ご飯を軽くよそって、お替わりをするのが好きでしたが……」

「重さも大切で、手に愛着を感じるんでしょうねえ……」

と、うなづいたあとで、

「落語に、飯茶碗の出てくる噺はあるんでしょうか」

と、逆探知のような形で質問を受けてしまい、『たらちね』の一席に及んでいた。

楽しみは春の桜に秋の月
夫婦仲良く三度食うめし

をマクラに、

「ありがてえな、今日からかみさんが来るんだからな、これからは飯を食うのも楽しみだ、かみさんの方は朝顔なりの薄手の茶碗で箸も象牙、俺の方は五朗八茶碗に丸太ん棒みてえに太え箸だからな、沢庵で茶漬けを食うとにぎやかだ、かみさんの方はサークサクのチンチロリンのポーリポリ、俺の方はザークザクのガンガラガンのバーリバリ、ああ、サークサクのチンチロリンのポーリポリ、おや、ザークザクのガンガラガンのバーリバリ、はぁ、サークサクの……」

と、すっかり浮かれ調子になって廻りを見たら、気のせいか、三上さんの百種千椀たちが陽気に踊り出していた。

遠花火（小満ん句集）より

鯉のぼり小さきものに富士の山
万緑や一筋白き馬の鼻

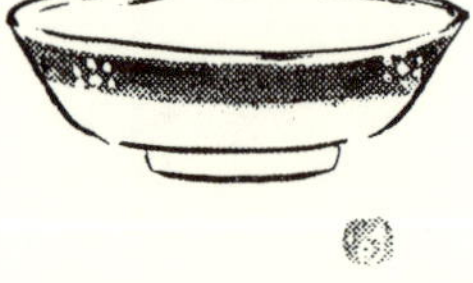

命の豆の木

香月泰男の画境はシベリア抑留の日々が魂となって昇華したものに違いない。

山口県大津郡三隅町にある町立「香月美術館」へはすでに数回立ち寄っており、軽いタッチの明るい小品や、戦前の各種入選作などにも親しみを覚えるのだが、やはり、あの重厚な黒を基調としたシベリア・シリーズの作品には、切々たる命の叫びを感じて、背筋を正さずにはいられない。

シベリアでの抑留生活の苛酷さ、悲惨さは想像を絶したようだが、香月泰男を画家と知ったロシア兵は、絵具のないまま収容所の壁にスターリンの肖像画を画けと命じ、そこから生まれたのが煙や廃油で作った黒の絵具で、復員後、数多の非難を押し切って、独自の黒絵具を使って画き続けたシベリア・シリーズは、かつて類のない美の世界を創り上げたのだった。

シベリアから持ち帰った命の糧であった豆の何粒かは〝サン・ジュアン〟の木となって、美術館の庭にも植えられている。

朝顔や

柏市のそば屋「竹やぶ」さんの奥座敷（私室）には北王子魯山人作の大火鉢があり、炭火を入れて使わせてもらったことがある。それは私のお座敷落語会でのことであったが、四十名ほどのお客席の中で、さすがに威風堂々として貫禄のある姿であった。

魯山人については、生前はその傲慢不遜な態度からか、相当に反感を買ったようだが、近年になっての評価は絶大である。

書、篆刻に始まった諸芸は、料理、陶芸の世界で名を成したが、その集大成ともいうべきものが、料亭「星ヶ岡」の発足であった。しかし、それは結局赤字経営で終わるのだが、その間に生まれた夥しい数の作品は、時代の宝として後生に残るだろう。久しい以前に見た、

「北王子魯山人展」では、いにしえの光悦・乾山を彷彿させてくれたものである。「竹やぶ」さんで魯山人の火鉢に手を当てて私の噂を聞いていた一人に青磁作家の川瀬忍さんがいたが、後で火鉢の印象を伺うと、

「ちょっと生意気だったかしら……」

と、それでも嬉しそうな顔であった。

魯山人の作品では、その後、築地の「竹葉亭本店」にも珍品があって驚くのだが、その珍品の前に、やはり「竹葉亭」の風情にもふれておこう。場所は築地の「吉兆」のすぐ裏と思えばよいのだが、中庭にある離れの茶席が取れれば最高だ。黒うるしの高杯膳で戴くわけだが、何か平安・鎌倉の頃を思わせるような気分である。実際、床の間の花生けも平安時代の古銅であったりした。器に何を使うかは、その日のお客様次第ということになるのだろうが、その日は、ご常連の古美術商の方がご一緒とあって、徳利や盃にも魯山人があって、私の選んだ盃もやはり魯山人のであった。持ち加減、飲み加減がまことに具合がいい。料理の次第は鰻が専門なので、肝焼き、白焼き、蒲焼きが出ておしまいとなるのだが、その前の料理にも「吉兆」よりも上との声も聞かれたが、私としては片々へは行ったことがな

いので何とも云えない。それでも食後の焙じ茶ひとつ取っても、その香りの良さにお客様それぞれに焙じて淹れてくれるのだろうと察するのであった。

さて、帰りしなに厠を尋ねると、件んの常連さんが、

「朝顔は魯山人だからね」

と耳打ちをしてくれて、思わずもいそいそとして厠へ急いだ。それにしても厠の便器を作って放尿を受けようという魯山人はやはり大物である。魯山人への放尿は天下を取ったほどに、いい気分であったが、内心は先の川瀬忍さんの言葉ではないが、

「ちょっと生意気だったかしら」

という気にもなった。

「竹葉亭」は後日に又、私のお座敷落語会で使わせて頂いたが、茗荷散らしの貝柱入り豆腐のお椀の味など、なるほど「吉兆」も顔負けとの評がしきりであった。お帰りの際には北王子魯山人への記念放水を勧めた。

くすり筥《ばこ》（一）―いもり、やもり―

春宵の耳にひとこと惚れ薬　小満ん

この句は、上村松園の美人画『春宵』からの作である。若い乳母《ばあや》か女中が、廊下でお嬢様の耳元に何か囁いている図だが、
「お嬢様、さあ、早くご挨拶にお出あそばせ、役者のようないい男ですから……」
とか何とか云っているのだろう。間違っても、噺家のような、とは云わなかろう。
古川柳に、
いっそもう路考が出るといっそもう
というのがあったが、初代・瀬川路考（菊之丞）は希代の美貌役者で、その艶姿に世のご婦人方は息もたえだえになったというが、
いっそもう小満んが出るといっそもう

とは、間違っても……。

恋患い、なんて病も昔々の話だろうが、それとても、やはり大家《たいけ》のお嬢様とか深窓の令嬢でありたい。男の恋患いとなると、映画『寅さん』の役どころで、哀れなものだ。

ときに、惚れ薬なるものに、〝井守の黒焼〟というのがある。井守という虫は水中にいて、何ともだらしのない姿だが、その井守の雌雄を竹筒に入れ、つるんだところを黒焼きにして燻《いぶ》ったものだという。それを想う人に振りかけると、相手も自分に惚れてくれるというのだが、信じがたい。

東京の上野広小路から神田方面へ少し行ったところに、〝黒焼屋（伊藤黒焼店）〟がある。そのすぐ近くに私の旧師・桂文楽が住んでいた。黒焼屋の店はその頃から気にはなっていたが、そんな結構な惚れ薬があるとは知らなかった。知っていれば、三十年前の吉永小百合嬢に振りかけたものをと、今さらながら残念でならない。当時の吉永小百合さんには師匠がテレビの〝スター千一夜〟でご一緒したことがあり、お供でそばにいた私が薬を振るなら、あの時がチャンスであったのだ。

さてそこで、今回は『薬違い』という古風な落語をご紹介しよう。

「どうしたんだ与太、体が悪いと聞いたからやってきたんだが、どんな具合だ」
「兄貴か、だいぶいけねえや」
「医者に診てもらったのか
「俺の病気は医者や薬じゃなおらねえ……、恋患いよ」
「ぷっ、てめえは恋患いって柄じゃねえが、相手は誰だ」
「呉服屋の娘で、おやじはここの家主だ」
「あれは町内で評判の小町娘だ」
「そも馴れ初めはこうだ、俺が店へ晒布《さらし》の六尺を買いに行ったんだ、すると娘が俺の顔を見て、にっこり笑って、ご近所の方だから尺を負けておあげと云った、それから家へ帰って計ってみたら、ふきんの分だけ余計にあったんだ」
「褌《ふんどし》を買って、ふきんのお負けか」
「すると、その日の暮れ方だ、娘が家へ尋ねてきて、差し向かいでお茶を飲んで、うれしいと思ったら目がさめた」

「何だ夢か」
「それからというものは、寝ては夢起きてはうつつ幻の……」
「よし、分かった、いいことを考えたから元気を出せ、あすこの家では夜干しで着物を干すというから、黒焼屋へ行って、〝井守の黒焼〟を買ってこい、夜になったら屋根伝いに物干しへ出て、娘の着物にたっぷりと振りかけてくるんだ」
「成程、ありがてぇ……」
さて翌日、
「与太、どうだった」
「今朝、さっそく女中が迎えにきた」
「薬の効能ありだな」
「それが、行ってみたら、家賃の催促で、店立《たなだ》てを食わされた」
「そいつぁおかしいな、どれ、薬の袋を見せてみろ、何だ、これは井守じゃねえ、家守の黒焼だ」
「あ、それで家賃を催促されたんだ」

くすり筥（二）　―道中薬―

旅に病み江戸紫のあやめ草　小満ん

旅先での患いは心細いものだ。友人に丈夫自満の男がいるが、それでも年に何回かの外国旅行には毒草丸を持っていくという。親代々の常備薬が何より心強いのであろう。お古い小咄に『葛根湯医者』というのがある。

「あなたはどこがお悪いな」

「どうも頭が痛くって……」

「頭痛か、葛根湯をやるからお呑み」

「へい」

「そちらのお方は」

「腹がしくしく痛むんで」

「腹痛だな、葛根湯をお呑み、お隣は」

「足がつってしょうがねんで」

「足痛だろう、葛根湯をあげよう」

って、何でも葛根湯なのだ。但し、葛根湯には発汗作用もあって、初期の風邪にはよく効くというし、副作用もないというから、無精な医者の出す薬としては無難だったのだろう。

そこで葛根湯医者というわけなのだが、小咄の方はさらに続く。

「そのうしろの方は」

「先生、あっしは眼がいけねえんで」

「眼病だよ、葛根湯をやるから精々お呑みなさい、その隣の人は」

「いいえ、あっしは兄貴が眼が悪いんで一緒についてきたんですよ」

「それはご苦労だったな、葛根湯をやるからお呑み」

今でも似たような薬の出し方をする先生方も多いように思うのだが、どうだろう。

さて。昔の旅は、どこへ行くにも草鞋《わらじ》ばきで歩いたのだから、まことに健康的だ。道中には名大の妙薬もあって繁昌をしたらしい。

小田原には歌舞伎の『外郎《ういろう》売り』でおなじみの「外郎」があり、これは元来、啖の薬だというが、なぜか今また人気上昇中で、予約注文でもなければ買えないという。

彦根の「赤玉神教丸」も健在で、いつぞや旅のついでに買っておいた。紙袋には、文化十一年刊「近江名所図会」にある〝神教丸店〟の図が載っていて、道中薬としての人気のほどが偲ばれる。現物は文字通りの赤い丸薬で、まずは無難な健胃薬といったところであろう。

伊勢の「萬金丹」も落語の題名にもなるくらいだから有名だったのだろう。これも先年、伊勢詣りの折に求めておいた。現在の袋には〝伊勢国朝熊岳　萬金丹〟とあって、銀箔入りの丸薬で、効能も右に同じだ。


では、落語の『萬金丹』をご紹介しよう。

江戸を食いつめた二人の江戸っ子が、旅の途中で山寺へ泊めてもらった末に、頭を丸めて坊さんになった。さっそく和尚の留守に、檀家の萬屋金兵衛が死んだという知らせがあり、二人はお布施ほしさにお通夜に出かけ、いい加減なお経のあとで、戒名の催促をされる。仕方なく、懐から萬金丹の袋を出して、これが戒名だと云って渡す。

「官許、伊勢朝熊《あさま》、霊宝、萬金丹……、変わった戒名だが、何だね、和尚さん、この、官許てえのは」

「今、棺の前で経を読んでやったから、かん、きょ、だ」

「伊勢朝熊てえのは」

「生きてるうちは威勢がいいが、死ぬと浅ましい姿になるから、いせ、あさま、よ」

「霊宝は」

「お礼のお布施は法によって出す、だから、れい、ほう、だ」

「戒名にお布施の催促が入ってますか、おかしげな戒名だ、萬金丹は」

「死んだのが萬屋の金兵衛で、喉に咬でもからんだろうから、まん、きん、たん、よ」

「但し、白湯にて用うべし、……あれ、戒名に但し書きがあるが、どういうわけで」

「……そんなことは俺だって、知らぬが仏だ」と、新しいオチを考えてみたが、ムリか。

くすり筥（三）―薬売り―

どっちらの袋かしれぬ三町目

という江戸川柳があるが、これには解説がいる。江戸の本町は一丁目から四丁目まであって、江戸屈指の目抜き通りであったが、三丁目はすべて薬種問屋が軒を並べていた。各店には両隣の境の処に四尺ほどの看板が下がっており、いずれも張子の大袋で「薬種、何何屋」と書かれていた。というわけで、本町三丁目の薬種問屋の通りでは、看板の張子袋がどちらの店のものか分かりにくいと、穿《うが》っているのである。

壱町を薬ぶくろでおっぷさぎ

と、これも同義の句である。

江戸の町々には様々の薬売りが来たようだが、怪しげなものに〝安薬散売り〟がいた。

「帰命頂礼《きみょうちょうらい》、安楽山神、人は勘忍腹立つな腹立つな、腹の立つのが直る、直る直るあばた

が直る……」
と称えて、坊さんが、晴天でも傘をさして売り歩いていたという。反対に、炎天でも笠もかぶらずに歩いたのが定斎屋《じょさいや》で、

薬能を笠に着て居る定斎売り　　とか、

日にやけて売るが定斎の無い薬

という、川柳子の穿ちになるのである。

定斎の歴史はかなり古く、桃山時代に大阪の薬種商定斎《じょうさい》が明人の薬法を伝え聞いて製した煎薬で、夏場の諸病に効き目があるとされていた。一対の薬箪笥を担いで歩き、わざと抽出の鐶《かん》をカタカタ鳴らしながら、
「ええ、定斎屋でござい」と売り歩き、これは近年まであった。

定斎屋が来たかと思ふ新世帯《あらぜたい》

これはバレ句である。ご一考を。

くすり筥（四）—空堀に—

十返舎一九の狂歌に、
内損《ないそん》か腎虚《じんきょ》われは願うなり
そは百歳《ももとせ》も生きのびし上

というのがある。内損は酒などによる患いで、腎虚は精力欠乏症をいう。百年も生きた上なら、それもよしというわけである。

因みに、腎虚の反対が腎張《じんば》りで、
腎張りはオットセイほど連れ歩き

などと、江戸の川柳子の目は面白い。

ウィスキーのオールドパーは、百四十五歳まで生きた精力絶倫のパー爺さんにあやかって付けた名前だそうだが、江戸の腎張り将軍としては、十一代の家斉で、四十人からの側女に計五十五人の子供を産ませている。

腎張りには、精力旺盛の他に、好色、淫乱、助平などの意味もあり。

「いたづらなる腎張りの女どもが……」

などと使われている。

ともあれ、度が過ぎぬことであろう。

殿様を空堀にする美しさ

腎虚、腎張りの薬としては、

一本の猛《たけ》りに百の後家が出来

という句があって、オットセイの睾丸の強精効果を穿っている。他に、

地黄丸女のほめる薬なり

六味丸買いに女房の細い腰

などもあり、強精食品としては、

蒲焼きのなぞを亭主は晩にとき

れこさにはよう効きますと玉子売り

の二句をあげておこう。

くすり筥（五）――薬喰い――

大ぶりの椀にもほれて牡丹鍋　　小満ん

亡き漆芸家・野田行作先生のお宅でご馳走になった猪鍋の味は忘れられない。

囲炉裏に掛けた大鍋を囲んで七・八人、それぞれの手には先生の非売品のお椀があった。

「非売品って、つまり出来そこないですよ、アハハハハ」

ということなのだが、お雑煮椀の大きさで、いかにも丁寧な塗りといい、雅味のある絵付けに魅了されて、同じ手のお椀を無理やりの注文に及んだのであった。

ときに、その時の牡丹鍋、すなわち猪鍋であるが、近くの足柄山で獲れた猪を、味噌仕立ての鍋汁にしたもので、肉をふんだんに入れ足しながら、遠慮のないお代わりをくり返し、最後には全員が腹を突き出してのけぞる始末であった。

「猪の肉の一番旨いところを知ってますか……、肛門の周りの肉だそうですが、どなたか食べましたか」

などと、先生もご機嫌で、私もまた、

「猪はオスよりもメスの方が肉が柔らかくて旨いそうですが、今日のはメスの処女肉のようで……」

などと云い、ついでに落語の『猪買い』のあら筋なども申し上げたのだった。

ともあれ、猪の処女鍋は、一座の熱烈アンコールで、翌年再びのお招きとなったのだが、その年、先生は突如としてこの世を去ってしまった。

そんなわけで、毎朝使っている先生のお椀には〝小満ん用〟という隠し彫りもあって、先生のお人柄やら、笑顔やら、そして、やたらと猪鍋の味が恋しくなるのである。

殺生もむべなるかなの薬喰い　　小満ん

いまは無き店を懐かしむ

片襷《かただすき》「廣重」中野

江戸立場料理「廣重」は私の自慢店である。立場とは江戸時代の旅のお休みどころで、今ならドライブインといったところだろう。

「ですから、どうぞ気楽に立ち寄って頂きたい店なんです」

とは言うものの、だれぞのご紹介と予約で行って頂きたい店である。東京中野のこんなところにといったところにある。ふろ屋の角を曲がり、クリーニング屋の前……とはいえ黒板塀に柳の木が一本、これではや小粋な雰囲気となっている。塀内には緋毛氈の縁台に瓦《かわら》手あぶりが置いてあり、江戸風な押し戸を開けて入ると、ほの暗い明かりで、三和土《たたき》の土間に冬なら俵ござが敷かれている。女将さんは黒えりの着物に片襷で年中素足、と浮世絵の世界である。料理はおまかせで、どの一品にも心がなごむ。先夜の一品には菱の実の汁わんが出て話題となった。

菱の実の水に生まれてたらい舟　　小満ん

長火鉢でのお燗は絶妙である。

入りにくい店　「壺中天」　川崎新町

評判はうれしいのだが、妙に宣伝をされても実は困る、というお店はかなり多い。

「せっかくお訪ね頂いても、ご予約が手いっぱいで、それ以上は作れないんですから、ただ〳〵お詫びをして、丁重にお断りをするだけで……」

とか、

「急に、雑誌を手に、ヘンテコなお客ばかりが押しかけてきて、常連のお客様に迷惑をかけちまってね……」

などと、よく聞く話である。

「お客様の顔を思い浮かべて、心をこめて作るんだから、なるたけ気分のいい人に来てもらいたいんだよね、一日一客の予約制というのも、それなりのサービスだと思うんだ」

と、これは私が大尊敬をしている廣東料理店「壷中天」のご主人の信念で、

「ゆく〳〵は、一日おき、週三日ぐらいの常連にしたいんだが、まだ〳〵家内も私も体が動くから……」

と、何ヶ月も先の予約でいっぱいという毎日に気合をこめる。

実は、このお店、ごく辺鄙な処にあって、そのこと自体が不思議なのだが、

「店を出すなら、お客様がわざ〳〵来て下さるような場所で、腕をふるいたい」

ということであったらしい。

ご主人は、神戸で、香港の名コックに可愛がられて修行をし、若くして、中国人を何人も使うコック長となり、各地のホテルから引く手数多の人気であったようだが、料理人としての理想から、一日一客の個人営業を思い立ち、自信のほどもあって、東京でも横浜でもないという彼の地に、小さな廣東料理店を開店した。しかし、理想とは裏腹に、開店して一年

間、宴会の予約がなく、お定まりの一品料理の注文に甘んじていたという。その頃のことを、ご主人は、

「神戸の友達からも早く帰って来いと再三云われていたし、いよ〱尻っぽを巻いて引き上げようかと、内心覚悟を決めていたら、やっと初めての宴会予約が、安い予算ながらも入り、これが最初で最後、の思いで予算を度外視して腕をふるったところ、それからそれへと予約が入るようになって……」

と、少しだけ苦労話をしたことがある。

私は、お店の噂を聞いてから三年目に、やっとご縁を得て、その後十数回の予約客となっているのだが、その都度、初めて食べる料理の数々に感激をしている。

ご主人は私と同年であるが、料理人としての人生計画もあって、去年から今年にかけて約一年仕事を休んで店の改築をした。新店舗について、ご主人から建築設計士への注文はただひとつ〝入りにくい店〟ということであったという。設計士の方も、ご主人の意図をよく理解して、まさに〝入りにくい店〟を演出し、一日一客（二十名まで）のための優雅な雰囲気の店が、魅力たっぷりに完成した。

そんなわけで、開店早々の予約も叶い、おなじみのメンバーで、久しぶりの憧れ料理を楽しんできたので、そののろけをここに書きしるすことにした。

最初の一品は、貝柱の入った飯蒸しで、間違っても盛り合わせの前菜などは出ない。次は、燕の巣、ウニ、卵白、の蒸しもので、金箔入り。ウズラの巣ごもり、は評判料理とあって出る回数も多いのだが、ビーフンを揚げて鳥の巣に見立て、その中にウズラ肉のミンチ、その他の炒めものが入っており、青々としたレタスの葉に、ビーフンと具を包んで、手で食べる。次はアンズ酒に白キクラゲ、イチゴ入りのゼリー。イチゴは皮をむいてあり、その説明は、贅沢な人の舌はイチゴのザラ〳〵を嫌う、とのことであった。車海老を紹興酒に漬けると、すなわち酔っぱらい海老だが、別にスープの鍋があって、その中へ、葱、トマトを入れ、件んの海老を投じ、まず熱々の海老を食べ、あとの野菜スープを味わう。昔ながらの酸味の利いたトマトがあって初めて作りたくなる料理であるという。次が、牛肉と玉葱の蒸しもので、八角の香りが食欲をかき立てる。牛肉はいったん油抜きをして、あらためて植物油で味を整えるという手間をかけており、正味十二時間の蒸し料理。ピータン（ツンとくるようなものではない）。豚肉のあらい（甘酢と井戸水へ各一時間ずつ数回さらす由）は、辛子タレで食べる。この辺は懐石料理でいうところの〝強肴《しいざかな》〟といったところか。瓶出しの紹興酒が大いに進む。次が蓴菜《じゅんさい》、クコの実入り、テールスープ。特大伊勢海老と、野菜八種の炒めもの。まだ〳〵あって、次が葱そばで、焼き葱、黄ニラが入って、目の前で真珠の粉をパッと入れて、

「これで、一層美人になりますからね」

とは、女泣かせのセリフだ。次がメロン味にてココナッツミルク。胡麻万頭。と以上十三品は、いつもより四・五品多い大サービスであった。最後に、ウーロン茶を煎茶手前風に淹れて、

「中国では、お茶のランクによって、もてなしの度合いが分かるんですよ」

と云い、大歓迎の意を示してくれた。

「梅月堂」　向丘

煎餅の語源は何であろうか。千利久の弟子に千兵衛という者がいて、その男がこさえて

……などという眉唾も耳にしたことがある。

千住で、茶店の婆さんが団子の売れ残りを平らにして焼いたのがそも〳〵で、うまかんべぇ〳〵と云ったので、千住のべえで、せんべえ……とこれも嘘だろう。

と、こんな軽口を交わしながら、文京区向丘の煎餅屋「梅月堂」の二階で、主人の鈴木和夫さんと酒を飲む段取りとなった。

「今ある酒はこれだけ、どれにしよう」

と、在庫の吟醸酒のリストを示した。ざっと二十種類ほどあった。鈴木さんのご愛飲は山形の「十四代」で、私の情としては新潟の「亀の翁」だが、それはお互いに蔵元を訪れているからである。

「自分のよく行く店は池袋の甲州屋で、吟醸酒だけでも百種類はあるだろう」

と、鈴木さんの話だ。

「甲州屋のおやじさんがお客によく云ってるよ、酒がわかったら、こんどはカミさんに醤油と味噌と味醂と酢を教えろって」

「成程」

「自分も最近、醤油にこだわってね」
「ほう〜」
「親爺の代から使ってた醤油を火に差してったら、最後に化学薬品の匂いが残った、ところが天燃醸造の醤油だとそれがない」
「はあ〜」
「醤油の蔵元も訪ねてね、大豆の問題にまで行っちゃったよ」
「ふん〜」
「炭は備長《びんちょう》だ」
「へえ」
「炭屋に聞いたら、同じ楢丸《ならまる》でも汐風で育った楢の木がいいとかね」
「へえ」
「その炭を焼く竈にも、土の良し悪しがあるんだから、追ってくとキリがない」
「へぇ〜」
「それからあと使うのは片栗と海苔ね」

「はぁ〱」
「海苔は、見た目は九州のがいいが、味と香りは千葉のがいいね」
「ほぅ」
「肝心なのが生地で、米だ」
「へぇ〱」
「生地の作り方は、米を洗って、乾かして、粉に碾《ひ》いて、湯で団子にして、蒸《ふ》かして、搗いて、水に晒して、もう一度搗いて、伸ばして、形にする」
「へぇ〱、へぇ」
「粉の碾き方には細碾きと荒碾きがある」
「へぇ」
「荒碾きは、焼くとぺちゃついたり、ざらっぽくなったりするが、香ばしい」
「はぁ」
「細碾きは、粉っぽくもあるが、肉あがりがいい」
「へぇ」

「師匠、酒米を食べたことある」

「いえ」

「蔵人が、蒸した麹米を室《むろ》に入れて、出てくるときに手に一握り持って、これを掌で搗きながら出てくる。これは蒸し加減を確かめるためだそうだが、このひねり餅が、どんな餅よりも旨いそうだ」

「ほぅ」

「酒米は食べては旨くないというが、〝亀の翁〟の酒米の亀の尾ね」

「へぇ」

「食べても旨いそうだね」

「ほう」

亀の尾はササニシキ、コシヒカリのルーツ米である。

「亀の尾で煎餅を作ってみたいと思って、どうだろう」

「いいね、いい」

話変わって、煎餅の半端ものを久助という。

「夏の煎餅はバカでも焼ける」
「はぁ」
「冬は大変、冷たい風が入ってきただけでパリッとヒビが入って、多い日は石油缶やリンゴ箱一杯の久助がでる」
「あら〜」
「今朝も四時起きで、四時半から火をおこして、生地を小干《さぼ》しといて、六時から二時まで焼いて、朝めし昼めしに十分程立って、あとは座りっぱなし、親爺のいた時分は、それからもう一辺炭をついで六時過ぎまで」
「ふぅん」
「自然乾燥でやってるから、一枚の煎餅が出来るのに、冬だと一月から一月半かかる」
「ううん」
「マラソンの中村監督が、〝たかがマラソンされどマラソン〟と云ったが、たかが煎餅、されど煎餅、なか〜〜奥が深いよ」
「本当に……」

梅月堂の煎餅は一枚一枚袋に入って「鈴木和夫」と、手焼きの心を明記してある。

私の場合　「紀文寿司」浅草

「おい、幸さん、そろそろお前の好きな鮪の脂身が食べられるころだネ」
「ええ」
「今夜あたりどうだね、お店をしまってから出かけるかネ」
「結構ですな」
「外濠に乗って行けば十五分だ」
「そうです」
「あの家のを食っちゃア、この辺のは食えないからネ」
「全くですよ」
若い番頭から少し退った然るべき位置に、前掛けの下に両手を入れて、行儀よく坐っていた小僧の仙吉は、「ああ鮨屋の話だな」と思って聴いていた。

――これは志賀直哉の短編『小僧の神様』の書き出しであるが、さらに続く鮨屋の話に、仙吉は、

「しかし旨いというと全体どういう具合に旨いのだろう」そう思いながら、口の中に溜まってくる唾を、音のしないように用心しいしい飲み込んだ。

――とあって、この辺の描写は、私はもうすっかり諳んじており、浅草「紀文寿司」を噂する時のマクラ話によく使うのである。

『小僧の神様』の仙吉は、何とかその鮪の鮨なるものを食べてみたいものだと思って、ある日のこと、お使い帰りに電車賃片道分の四銭をもって、思わず屋台の鮨屋へとび込んでしまうが、

「海苔巻きはありませんか」

とは、いかにも子供らしい。

「ああ今日はできないよ」肥った鮨屋の主は鮨を握りながら、なおジロジロと小僧を見ていた。

小僧は少し思い切った調子で、こんなことは初めてじゃないというように勢いよく手を延ばし、三つほど並んでいる鮪の鮨を摘んだ。ところが、なぜか小僧は勢いよく延ばした割りにその手を引くとき、妙に躊躇した。

「一つ六銭だよ」と主が言った。

小僧は落すように黙ってその鮨をまた台の上の置いた。

――そして暖簾の外へと出て行くのであった。物語のその後は、原作を読んでのお楽しみということにして、私が鮪（シビ、本マグロ）の真の旨さ、味わい方を教えられたのは前述の浅草「紀文寿司」であった。シビを食べたあとの衝撃的ともいうべき香りは、時として一晩中忘れられない程なのである。『小僧の神様』で、番頭が、

「あの家のを食っちゃア、この辺のは食えないからネ」

とは、私の場合、正に浅草「紀文寿司」をおいて他にはない。

そんな訳で、昨日も、わが家の細君に、「どうだね、今晩あたり〝小僧の神様〟ってことで、出かけますか」

と誘うと、たちまちにして満面に笑みをたたえるのであった。

紀文寿司の関谷文吉さんには『魚味礼讃』（中央公論社）という名著があるが、その〝魚味礼讃〟の実際を、絶妙の調理をもって堪能させてもらえるのである。

昨夜のまず一品は〝寒平目の刺身〟なのだが、これがかるい塩〆めとあって、喉ごしのあとで、微妙な甘みが口中に広がっていた。

生タコ（塩で）、ウニのあとが、焼き穴子、ミル貝（つけ根のところらしい）、と続くのだが、それぞれほんの少々という出し方である。次が河豚のカマの塩焼きだ、二人して猫のようになってしゃぶる。その間に目の前でさばいていたオコゼが次の一品で、煮付けになって出てきた。

ところで、関谷文吉さんは、その著でも述べているが、魚の香りをこよなく愛する人なので、お酒に関しては香りのあるものを当然ながら敬遠する。だが、私としてはお酒の方も充分に楽しみたいという欲があって、その都度いろいろな吟醸酒を持ち込ませてもらっているのだが、実は、文吉さんは身上を傾けかねないほどのワイン通でもあって、私の吟醸酒に関しての喜びに理解を示してくれるのである。

さて次は、平日のスープで、中骨で取ったという。次が赤貝のワタで、これも先程のミル

貝同様、その場で貝をひらいてくれればこその味である。もちろん赤貝もミル貝も、あとで握ってもらうことになる。次に、

「湯豆腐の支度を……」

と、奥へ声をかけていたが、出てきた土鍋の蓋を取ると、河豚の白子で、

「成程、結構な湯ドウフで……」

と又々の歓喜となる。

さて、いよいよ握ってもらうことにした。

紀文さんの握りは、シャリが口の中でパラッと広がるようで、ネタとシャリとワサビと煮切り（刷毛で塗る醤油）とが、三位一体、五位一体という感じで、何を食べても口中感激の旨さであるが、昨夜の握りは、まず平目、シビから入って、メジ、ブリ、イカ、ミル貝、赤貝、ヒモ、穴子と続き、再び平目、シビと握ってもらって、大団円とした。

銀宝「与㐂《よき》」　自由が丘

『百味・味の散歩道』のお誘いをうけ、自由が丘の天ぷら「与㐂《よき》」さんへ伺った。私は都合でお昼の部にして頂く。

春雨やたしかに味の散歩道　　小満ん

わが家からは一時間半の道のりであるが、自由が丘の駅からは一分の地であった。

まずは、ご主人のご挨拶から伺おう。

「ようこそ、いらっしゃいませ、私は若輩者の二代目でございまして、東京オリンピックの頃からの天ぷら屋でございます。それまでは電気屋でございました」

つまり、電気屋から天ぷら屋へスイッチしたわけでありますな。

「神田の天政さんにご縁がありまして、ご指導を得て今日に至りました。お蔭様でご予約がないとお入り頂けないほどに繁昌させて頂いております」

われわれとて、ようやく予約が出来たということであろう。

「手前どもは、私ども夫婦、弟夫婦、それにおやじ夫婦が働いております」

与㐂こと〱と、はや一杯のビールに私は浮かれ気味である。

「今日の献立は只今お配りした通りでございますが、そこにございます櫛・笄《こうがい》の絵は亡き志村立美先生が画いて下さいましたもので、実は先生のご遺作でございます」

笄に家紋、櫛に〝よき〟と入っている。志村立美先生もよきごひいきであったという。

「志村立美先生には『百味』の表紙を長いこと画いて頂いておりましたのよ」

と、編集の春日和子さんが顔をほころばす。

「今日のお飲みものは全て手前どもでサービスさせて頂きます。どうぞごゆっくりお召し上がり下さいませ。」

仕事の都合もあり、ビールの一、二杯でと思っていたお昼だが、お酒の所望となった。酒は秋田の〝両関〟で、冷やしてもらう。小鉢、前菜、うす造り、活造り、どびん蒸し、小骨揚げ、と続き、さて天ぷらはお座敷カウンターへと席を移す。

揚げ場には弟さんが立った。

「この席は一日一客ということで、ゆっくり召し上がって頂いておりまして、王さん、長嶋さんもご利用頂いております」

自由が丘で王さん、長嶋さんとくれば、問わずもがなの王さん、長嶋さんであろう。

天ぷらは巻き海老、鱚、銀宝、小鮎、穴子、野菜、の順に出たが、私の眼目は〝銀宝〟であった。

さてそこで、落語を一席……演ったわけではないが、文章のご愛嬌に申し上げることにする。

『藪医者』という噺である。

いかなる商売も評判を得るまでは大変で、さるお医者さんが、藪医者との風評が立って、いっこうに患者さんが来ないところから、下男に命じて一計を試みる。

「医者の玄関というものは、たえず薬取りがいるようでなければいけない、そこでお前と相談だが、お前が病家の迎えのような顔をして玄関に立って、大きな声でどなってもらいたい」

「何というだね」

「お願い申します。お頼み申します。何町何丁目何番地何兵衛から参りました。先生ご名医ということを伺いました。とお前がどなる」

「藪医者のお前様をご名医というかね」

「何だお前まで藪医者とは、さあそこで、私が取り次ぎのような顔をして応対をする。毎日ご名医ご名医とやっていれば、通る人がこれを聞いて、あそこはずいぶん迎えを受けるようだが、きっと上手な先生なのだろうということになって、本物の病人が訪ねてくるだろうと思うんだ」

「そうかね、それじゃひとつやってみるか、……おたのみ申しますでのう」

「どおれ、これは〳〵いずれから」

「台所から廻ってめえりました」

「そんなことを言うやつがあるか、医者は遠いところから迎えを受けるようだと信用がある、遠いところにしな」

「ああそうかね、おたのみ申しますでのう」

「どおれ、これは〳〵いずれから」

「遠いところからめいりました」

「はい、宅の先生はご遠方にもご病家がございますが、ご遠方はどちらで」

「だから、遠いところでござえます」
「はい〳〵、遠いから遠方ですなあ」
「そうだ、遠いから遠方だ、銀宝なら天ぷらがいい」

という一件りであって、「銀宝なら天ぷらがいい」が、長いこと憧れの味となっていたものだ。今では、銀宝は花時が旬と覚えているので、花の噂とともに銀宝の天ぷらで一杯ということになっている。

与㐂さんへ

銀宝やわれ遠方より客となる　　小満ん

私の母校、堀口大學。運命の縁、吉井勇。

堀口大學は私にとって、運命であり、母校である。そんな風に感じている。私の名前に込められた、吉井勇。その吉井勇の影響を受けた堀口大學は、永遠の憧れだし、日本の詩は、堀口大學だけあれば良いとさえ思えるほど焦がれて好き。

関容子が堀口大學を密着取材してまとめた『日本の鶯』（岩波現代文庫）は聞き書き本の傑作。関さんの魅力は、まずは聞き上手ということだ。聞き手に充分な知識と勉強努力の姿があって、その上で熱い眼差しが感じられなければ、取って置きというような話はなかなか引き出せないだろう。その上でご自分の思いを述べ、文章を小気味よく構成していく技は、上品《じょうほん》の藝とも言えよう。

椿の活け方に一花三葉という教えがあるが、聞き書きの妙とは、正にその辺であるかもしれない。

大學先生に「人に」という詩がある。

「人に」
花はいろ　そして匂ひ
あなたはこころ
そして　やさしさ

語り手は花である。〝花はいろ　そして匂ひ〟
聞き手書き手の関さんには、〝あなたはこころ　そして　やさしさ〟があるのである。
聞き書きはこうでなくちゃ。

「日本の鶯」は、女流画家マリー・ローランサンが、若き日の堀口大學にそっと手渡したという詩で、当時の大學を謳ったものに違いない。

「日本の鶯」
この鶯　餌はお米です
歌好きは生まれつきです
でもやはり小鳥です
わがままな気紛れから
わざとさびしく歌います

私は、この『日本の鶯』を、関さんの他の著作の既著紹介欄から発見し、自称堀口大學ファンの私としては、その著を知らぬうかつを恥じた次第。手間をかけて入手し、浮かれるような気分で読み終えたのち、私も高座で堀口大學先生を語ってみようと思い立ち、演題には「日本の鶯」を拝借した。仲間の噺家連中からは、「速記本にでもあった噺かい……」などと訊かれたが、確かに「日本の鶯」とくると、落語にもありそうな題名である。

因みに、こんな小咄がある。

昔、唐の国から日本の朝廷へ、雀が六羽献上された。日本では七・五・三の数がよろこばれるが、中国では六がめでたい数とされているという。そこで、日本の雀を一羽混ぜて七羽にして時の帝にお目にかけると、「はて、日本の雀が一羽おるではないか」

「はっ、通詞（通訳）でございます」

私の噺『日本の鶯』を、この小咄の改作とにらんだ者もいた。

さて、この高座の当日は、上野本牧亭の楽屋へ関容子さんが花束を持って現れ、これが関さんとの初対面であった。それ以来のお付き合いということになる。

ちなみに、関さんは堀口大學の優等生で、私は潜りの劣等生ということになっている。噺の内容は、大學先生の一代記風にして、詩のあれこれを鏤《ちりば》めて、そこへ私の嘘偽りをからめて、お笑い草とした。客席では関容子さんもよくお笑い下さって、ハネて木戸を出る折に、

「小満んさん、おもしろかったわよ、大學先生が生きていらしたら、お連れ出来たのにねぇ、ご自分のことが落語になるなんて、先生はきっと大よろこびをしたと思うわ……」

関容子さんのお認めを頂き、まず一安心という次第であった。

私に楽しい酒の手本を示してくれた人に『陶説』（日本陶磁協会の機関誌）の編集長だった

村山武さんがいて、ある夜の話題が堀口大學になってすっかり愉快になったことがある。粋で色気があってシャレていて、途端に酒が上質に成ったね。

この出逢いは、瞬時にして私の生涯の宝物になった。

三好達治とか、中原中也にしても、何となくグチっぽいのが多い。でも大學は違う。根が明るい。底抜けに明るい。快楽はひたすら肯定、美酒美食にもバンザイ。人生を謳歌するために、どこまでも前向き。気取らずに一生つきあえるのがこういう詩。大學の詩だけあれば……って常々感じる。難解な言葉を使わないで表現された作品の輝き。学者も大衆も関係なく心揺り動かされる言葉には、知的な楽しみ、親しみやすさが溢れている。難解な印象だけで、誰の心も打たない詩作になんの意味があるのだろう。金子みすずの表現方法に、勝てる詩人が何人いるか。子供向けだけど、子供にしっかり伝わるというのは素晴らしいことだ。

叙勲の際にとある会で逢えるかもしれないチャンスがあって、この時、羽織を持っていった。

「エロスの詩法」

〝お手（てて）で口説くのよ〟

間が良ければ、このフレーズを書いてもらおうと思って持っていったが、いらっしゃらなかった……。私はほとんど、こういうことをしたことがなかったけれど、この時だけは特別な気持ちだった。

大學は短歌も粋でみごとなんだが、これをけなされたことがあって、その時に作ったのが「詩歌両刀」。

「詩歌両刀」
鰻もうまいが
穴子もうまい
酒もうまいが
ビールもうまい
片よることは
ないと思うよ

「片よることはないと思うよ」って、このフレーズは万能だ、重宝している。

落語家も落語だけじゃダメ。落語から入ってそこから、自分の表現に色をつけていくもの、糧になるものを、視野を大きく広げて見つけていかなきゃ。

出逢わなきゃ。

新しいものを探す作業をしないで、落語の穴掘りみたいな作業をしていても、どうかな……、それでお客さんの心を動かす噺家になれるのか。意識のなかの一部分では、落語を卒業しちゃえばいい。粋、乙、野暮、みんな落語で覚える。だけど、それが何なのか、ってことを落語に出てくるものでしか知らない。これは片手落ち。

ほども大事ってみんながいう。

ほどの良い気配りがあってこそ、粋になる。乙は、極上のものにふれてから解るものだし。

ここまで四つ、作品を紹介したけれど、これだけでも、大學の親しみやすさを解ってもらえたと思う。

堀口大學の略歴

『月下の一群』で近代フランス詩を日本に紹介した素晴らしい功績。

詩情あふれる、豊かで大らかで、それでいて繊細な発想から、多くの傑作の訳を遺したけど、独自の創作世界も実に素敵！　ところが、結構、評価が低い。学閥主義の風潮があった頃の不当な低評価と、助平だとか、そんな野暮な評価もしばしば目にした。

まるで東大選民主義みたいに人間を評価していた学閥主義の視点と、エロスを大らかに謳歌できない無粋な発想からの視点が、堀口大學にストレスを与えようとしたはず。

エロスは、万葉集だって和歌集だってそうだが、ずっと表現され続けて、各時代にとても素敵な作品が多く残っている。恋愛とエロスは美しくドラマチックな欲望であり、詩人、歌人といった表現者たちの創作の糧だ。

ただし表現が汚いのはだめ。

齢を重ねても茶目っ気たっぷりの大學は、あっけらかんと豊かに性を謳歌していて、エロスをモチーフに綴った作品にも、エスプリとキュートが行間に滲む。

朗らかで健康的でありながら、無邪気な悪戯を楽しもうとするユーモアもある。美しく巧みに紡がれた言葉の凛とした仕上がりには、ただ流石の一言。

ここで堀口大學の略歴を辿ってみる。

明治25（１８９２）年1月8日、堀口九萬一《くまいち》の長男として東京府東京市本郷区（現・文京区）で出生。この父親が出生時に大学生だったこと、また出生地が東京大學の近くだったので、名前が大學と名付けられた。大學はのちに良い名前をつけてもらったと書き残している。明治27（１８９４）年、父の朝鮮赴任のため新潟県長岡に住むが、３歳の時（１８９５年）に、母を結核で亡くす。父が不在のため、３歳の大學が喪主となった。母をこの年で失ったことは、大學の人生に大きな影響をおよぼす。

後に父は大學が7歳の時に、ベルギー人の後妻をもらうが、〝この二人目の母がフランス語を常用していたからこそ、自分はフランス語を必死で学んだし、それ故に、翻訳者の道をたどることもできた。僕を生んでくれた母は僕のフランス語になってくれた〟と関容子に語った大學の言葉が『日本の鶯』に収められている。

「母の声」
母の声
――母は四つの僕を残して世を去った。若く美しい母だったそうです。――
母よ
僕は尋ねる
耳の奥に残るあなたの声を
あなたが世に在られた最後の日
幼い僕を呼ばれたであろうその最後の声を
三半規管よ
耳の奥に住む巻き貝よ
母のいまはの、その声を返へせ

後に素晴らしい才能を開花させる大學は、吉井勇の短歌に心を打たれ、自らの創作を高めるために与謝野鉄幹・晶子の結社、新詩社に入門する(17歳)。この吉井勇については後述するが、日本初の外交官試験に合格し、外交官として世界に羽ばたいていた父・九萬一には与謝野鉄幹との交流があった。

新詩社に入った大學は、長岡から上京した際に、鉄幹から、父と面識があることを偶然に知らされる。これは、吉井勇の作品が導いた縁であった。

この頃大學は、生家に至近の一高（現・東京大學）を志望して受験生となるが、これがいっこうに受からない。親友佐藤春夫共々、一高受験に失敗し、佐藤春夫が当時、文学部教授だった永井荷風の伝手を頼って慶應に進学する際に、大學も倣って慶應に進む。大學と佐藤春夫の篤い友情は生涯のものとなった。ちなみに〝銀ブラ〟の語源だが、佐藤春夫と大學が三田の慶応から銀座まで歩いてきて、銀座でブラジル珈琲を飲んだことが謂われになったそうだ。

父親は、当初は長男大學を一高に行かせた後、官界に進ませるつもりだったが、病弱な大學が文学に志を持っていることを知ると、彼を自分の任地に呼び寄せ、息子が30歳になる頃まで養って文学修業を助けた。

■私の母校、堀口大學。運命の縁、吉井勇。

明治43（1910）年　慶応義塾大学文学部予科入学。詩歌の発表を始める

明治44（1911）年　7月、父の任地メキシコ赴任の途中喀血、ホノルルで入院。メキシコ滞在で仏語を勉強

大正3（1914）年　再度喀血、スイスで療養

大正7（1918）年　父とブラジルへ

大正8（1919）年　処女詩集『月光とピエロ』、処女歌集『パンの笛』刊行以後多数出版

大正12（1923）年　父とルーマニアへ。14年帰国。戦時中には、いくつかの場所を疎開

昭和25（1950）年　神奈川県葉山に転居

昭和56（1981）年　3月15日、逝去

幼い頃に母を失って、二番目の母がベルギー人で父親は外交官。父の赴任先のメキシコで暮らした時は、思春期に情熱的なラテン娘の肢体を目の当たりにし、男の感情が揺れ動いたようだし、さまざまな病苦を経て、後にこれだけの詩を紡ぎ出す〝徳〟を背負う。

私は何よりも、出逢いを大事にすることが、一番大事なことだと思うけれど、大學も出逢い

への惚れ方がいい。徹底的に惚れ込まなきゃだめ。その上で日本語の下地がきちっとあって、さらに情が動く体験を積んで、たくさんの素晴らしい詩が遺された。

私が好きな堀口大學をいくつか

いままで年賀状にもずいぶん、大學先生の詩を刷ってだした。まずはこの「扇子」。はかないような、なまめかしさがいい。

「扇子」
そのあたりの空気が
明るく見えて
白い歯を見せて
扇子が微笑する

かの女の微笑を
かくしながら

花柳界のなかの描写、と見てもいい。笑い顔を隠している芸者の様子が可憐で、それでいて艶っぽさも匂う。見事に捉えられた一瞬。

「美しい夢」
グリーン・ピースの夕食です
バターでいためていただきます
二百匁《め》の
テンダー・ロインが添へものです
暦手三島のお皿です
小さな卓に二人です

戦後、食糧が不足していた時に、米穀の代わりに青豆が配給された事があった。この時の食卓の風景を書いた詩がまた素敵。ものごとはこういう心で楽しみたい。だが、これを小咄にするとこうなる。

「あなた、お帰りなさい」

「友達が一緒なんだ、夕食を頼むぜ」

「困るわ、あなた、家には今、グリーン・ピースしかないのよ」

「心配するな、台所で安物の皿を一枚壊して〝どうしましょう、ステーキを落としてしまったわ〟と叫べばいいさ」

と正に苦肉の作。その結果は、台所で皿の割れる音がして、

「あなた大変！　グリーン・ピースが台無しに……」

酒場にて

以前、とあるバーのママと、いっしょに飲もうって、いわゆるアフターに連れだった。

バーを二軒くらい回って、最後に、もう一軒行くけど〝マティーニだけとっておいて〟ってママが言う。マティーニは強いから、もっぱら最後の店で飲むもの。まして女性を同伴しているし。これは加減して飲まなきゃいけない。

浅草界隈を何軒かはしごして辿りついたのが「シャルマン」っていうバー。

ママがマスターに〝先生、しばらくです〟って言う。

〝先生〟……?。

でもこの店は氷をいれている桶が汚いし、実はどうってことないぞ……、肚の中で思った。

ママがマスターに〝あたしが大好きな落語家の小満んさんです〟って紹介してくれたら、このマスターが、〝うちには圓歌さんがお見えになります〟

とたんにこの店が窮屈になっちゃった。続けてママがマスターに、

〝師匠は、ここのマティーニを飲みたいって来たのよ、マティーニこさえてあげて〟

するとマスターが、

〝わかりました、どのようにお作りいたしますか〟

私は、

〝ご当家のマティーニと訊いてきましたので、それでお願いします〟

マスターの返事は……

〝だめです、それではお作りできません。マティーニはお客様の注文通りにこさえます〟

この時点でこの店にかなりな違和感を覚えた。以下、この時の会話を採録。

私「さっき帰った方はマティーニを飲みましたか」

マスター「無論、飲みました」

私「どのように飲まれましたか」

マスター「五対二でございました」

まだ、私もなまな頃だったから
私「そんなのいらないね。甘ったるくて飲めないよ」

二人ともすっかりむっとしちゃった。ママはにやにやしながら見てる。

やりとりがこうなることをわかって連れてきたはず。私が呑み助ってことをママは知ってるし。

気取った人は、マティーニはジンの瓶だけ持って回ってればいい、なんて言う。

五対二なんて入れすぎ。

そこで「一対零にしてもらいたい」って注文したらマスターがさらにむっとしてる。

マスター「一対零ですか……」

私「それを、スクイーズで決めてもらいたい」

ちょうどこの日、日本シリーズで、どっかの球団が、スクイズで一対零で勝った。

スクイーズってのはグラスに注いだ直後に、レモンの皮を素早くさっと摘まんで香りつけするんだけど、これをお客にわからないように早業でやるのが、おしゃれな仕事。


そしたらマスターが、急に「嬉しい、そういう注文はとても嬉しい」って笑顔になってる。

ママも「ね、いいでしょう」って得意げな顔になってる。

このマスターは、若造の噺家なんで小馬鹿にしたのかもしれない。

まぁそんなところ。


この時に、たまたま私が、堀口大學先生の傑作を思い出して、ちょっと口に出した。

「酒のいろいろ」
シャンパンは口説き酒
シャルトルーズはお床いり
お床の（男の）なかの男です
この一言に嘘はない

いいよね。大學らしい一篇。

これをひょっと口に出したら、マスターがその歌は違ってますって言う。

シャルトリューズにケチをつけてきた。たしかに甘ったるい酒でイメージとしては、男らしくない。でもこの酒は、通称、ベッドワイン。しかも修道院がこさえてるなんてところが実にロマンティック。

結局、ママとふたりで「いいわよ〜」なんて言って、シャルトリューズ飲んで帰った。

酒をテーマにした大學の詩を、時折、私も酒場で呟いている。酒が旨くなる。

「シャンパンの泡」
それはシャンパンの泡ですね
奥さんあなたの口紅が
私の唇を紅くした
その場かぎりの戀ですね

それはシャンパンの泡ですね

これも傑作。素晴らしいの一言。

日本人ばなれした官能感覚。

外国でも日本でも、品の良い女性とたくさん交際した経験あってこその作品だろう。

シャンパンといえば、私がいちどだけフランスに行ったことがあるんだけど、これが、ほぼ文無し旅行だった。その時に、忘れられぬ一杯の思い出がある。このエピソードを披露しよう。

沼津にちょっとしたご縁があって、そこでお世話になった方が、私を洒落混じりでフランスに送りだしてくれることになった。旅費は出してくれるけれど、小遣いは自腹……、真打になって間もない頃の自分には辛い条件だった。

今より、まだいくらか景気の良い時の話だが、稼げていなかったし、ライカのカメラまで頂いて、これで写真もたくさん撮ってこいって言われ、退くに退けなかった。

これは荷が重い……、暗い心持ちだったが、ユーレイルパスなら団体のパックツアーに乗り込んで、ぎりぎりなんとかなりそうな算段がついたので、肚を決めた。

さて、そうと決まれば、餞別を集金するのみ！
以前、ご贔屓さんにハワイに連れていってもらった時にも世話になったのだが……、上野の更級の女将さんの所に行って
「どこに行くの」

「ちょっとこれから成田……から……」

女将さんは前回に、成田から〝ハワイ〟で驚かされてるから、かなり訝しんで、

「それで、成田からどこ行くの？」

「フランス……、あらま〜〜」

面倒をかけ、何とかお小遣いを頂いて、やっとこさ旅に出た。

出発前は、エールフランスの飛行機の機内食なんか、まったくもって馬鹿にしていた。ちまちましたフランス料理なんだが、結果からいえば、これが、私がこの旅で口にできた唯一のフランス料理（笑）。三週間の余裕ある日程は、ろくに金を持たずに行ったから、かえってその日数がシビアな重荷となる旅行だった。

いったい一日いくらでやりくりしていたのか……、かなりな貧乏旅行だった。

ホテルはすべてとびきりのワーストクラス。どこの街に行っても、インフォメーションで、とにかく一番やすい所を必死にかけあう。だからぞっとするような酷い部屋ばかり。

来る日も来る日も羅生門河岸みたいなところで寝てるから、移動の特急列車のシートが、ど

れだけ快適だったか……、ツアーパスの関係でどこにいっても特等に座れたから、電車の時間だけが歓びの時間。そんな三週間の旅。

グルメの思い出は、ない。

現地ではパリジャンサンドくらいしか食べていない。

美術館なんて見てないし、とにかく、電車から見える風景が綺麗だったことしか覚えていない。ひとり旅がしたくて行ったんじゃなくて、洒落まじりの国外追放みたいな旅行。それだから面白いんだけど。

だから観光地に行ってみたいなんて気持ちは全くなかった。

それでも日本に帰る時に、流石になにかカミさんと子供にみやげを買いたくなって……、でもほとんどすかんぴん。

『鰻の幇間』の野幇間同様、成田から王子に帰るための千円はポケットに残している。外貨は20フランしか残っていない。

これが当時で８００円くらい。この脆弱な資金でなんとか二人分、おみやげを買いたくて、必死で買えるものを探したけれど、まわりの観光客は、旅の最後に免税店でバッグとか高級酒とか買いまくっているから、みじめで、さもしくなった……。疲れるばっかりだし。

いいや、やめた、謝ろう。こんな情けないことはやめよう……、買い物は中止にした。

何も買わずに帰りの飛行機に乗って、ずっと機内サービスのビールを飲んでいたが、アテンダントがシャンパンって言うのが聞こえた。

〝しめた！〟待望のシャンパンを頼んだ。フランス滞在中は金が回らず、シャンパンは全く口に出来なかったのだ。

ところが、これが有料だった。

ビールは無料だったのに……。

シャンパンの代金は20フラン⁉

〝あ〜、助かった！〟おみやげを買わなかった20フランでぎりぎり支払えた。

ハーフボトルのシャンパンをプラスチックのカップで飲んで、流石に、しみじみと溜息をついた。

その時詠んだのが

シャンパンの
泡は真珠のネックレス

これを書いたメモを、〝おみやげは真珠のネックレスだよ〟ってカミさんに渡すと、〝これなに……？〟

真珠のネックレスを買ってあげたかったけれど、買えなくて助かった。

いざとなれば日本円の千円があったけれど、恥をかかずにスマートに飲めて良かった。

ネックレス飲んじゃった……


でもこの時は、我ながら洒落たことをしたって思う。

こういうのも堀口大學とか見てたおかげ。

ここでもうひとつ、私が好きな大學の作品を紹介しよう。

良い詩人は良い酒を飲むと、大らかに饒舌になる。

「コックテェル」
ポール・フィレンス
堀口大學・訳

身にしむ味をつくるんだ、
火と氷、けものと天使、
すべてみな、酔はせるものはぶちまけろ、
そのシェカアにぶちまけろ。

バアマン、おお、詩人どの
注《つ》ぐ前によく振ってくれ。
嘘とまことがはっきりと
解るやうでは困るんだ。

お前の心臓《こころ》はその底の
歯形のまだないオリイヴだ、
不問《とはず》がたりの苦り味は
酒の香《かおり》が消すだろう。

こんな小さな酒杯《さかずき》の
レモンの皮のほそ蛇が
浮いてる中に残るのが
過ぎた暴風《あらし》の思ひ出だ。

落語もそうだけど、嘘と誠がはっきりとわかるようではね、洒落もそういうもんだよね。

大學先生が愛した酒

堀口大學の酒は静岡島田町の「若竹」一本やりということだった。なんでも戦後に講演かなにかで島田にでかけた折り、主催者が造り酒屋さんで、朝からお酒を勧めてくれるのだが、これがまずくて飲めた代物ではない。

これが「若竹」で、ついに「まずい。肥後の酒米にでも代えたらよかろう」と釘を刺した。酒屋では真に受けて酒米を代えてみたところ、本当においしくなって鑑評会で受賞するありさま。それが縁で毎年二十本ずつ買うようになったそうだ。また酒を醸す木桶がホーロー桶に変わった頃には、木桶の厚板を貰い受けて自宅の塀にした。

雨の日には、百余年を経た桶木の塀が麹の薫りを放つ。雨が降ると大學は酒を欲していたという逸話もある。

小勇という名前

大學は、17歳で吉井勇の詩に出逢って、それで詩歌に目覚めた。

私の名前に、吉井勇先生の名前から一文字が付いた件、また吉井先生に関わるエピソードをかいつまんで綴る。

黒門町の師匠に入門してから、しばらく名前が付かなかった。普通だったらすぐ付く。名前がないと、呼びつけるにも不便だから。名前がもらえなかったのは、不安だった。自分じゃだめなのかなって。

だから最初は〝横浜の〟って、馬方みたいに呼ばれていた（笑）。これで若造の青春のプライドはきれいさっぱりズタズタ。実に良いものだ。私が入門させてもらった時期が、ちょうど吉井先生が逝かれて一年くらい経った頃で、何かのはずみで小勇とつけられた。

『あばらかべっそん』を読んで名前とその邂逅は知っていたが、作品にふれたことは無かった。いつぞや師匠が吉井先生の京都のお宅に電話をした際には、電話口から奥さんに挨拶をしたけれど、当時は何も話せやしない。

前座の時は時間に余裕がないから、吉井先生の著作を繙く時間はなかったけれど、二ツ目になってからだんだんと作品に触れていった。

吉井先生の落語評は、新聞雑誌で、よく眼にした。

歌人だから、目のつけどころが、派手に脚光を浴びる方には向かない。

書かれているのは専ら、きちがい馬楽、目くらの小せん、あと、三代目圓馬。吉井先生は黒門町の芸の師匠の三代目圓馬を〝すごい〟と絶賛していた。黒門町の師匠への評価は、当時はそれほど高いものではなかった。〝まだまだだけど、この頃だいぶよくなってきた〟とかそんな感じ。でもこういう視点の先生に贔屓にされてこそ価値がある。

師匠から小勇の名前をもらった私は『我が師、桂文楽』を書き上げてから、これを吉井先生の奥様に届けて、改めて名前の御礼をしようと思った次第。

以前、師匠と、橘ノ圓都さんの米寿記念の落語会（1970年5月　於・宮川町歌舞練場）で、師匠のお供で京都に行った際、〝吉井先生のお宅にいくから、お前もつれていく〟と、師匠のお供でご挨拶に伺ったことがある。

石段を二、三段あがった所に玄関がある屋敷。師匠は到着前から〝玄関で失礼するから〟と言っていた。

奥様に〝これが小勇でございます〟とご紹介を頂いたけど、こっちはただ固まっているだけ……。

それ以来、久しぶりに行ったら元あった場所に家が無かった。

半年前になくなっていたのだ。毎日新聞の女性記者の伝手《つて》を辿って場所を探してもらったら、現住所はなんと東京（中野）。半年前に奥さんがなくなって、家も処分されてしまっていた。

中野には、せがれ（長男）さんがいて、そこを訪ねていった。

この長男は、慶應の野球部時代にキャッチャーだった人。そういった関係で後楽園の飲料等の販売権利を持つ関連会社の社長になっていた。吉井先生のお墓は青山にあるとのこと。

〝おやじの墓参りしてくれるの〟って、歓んでくれた。

ひとつ決着をつけた事を、師匠の墓前にも早速報告。しばし、感慨。

吉井勇をいま、著作で案内するのは難しい。全集、歌集はある。気違い馬楽、盲の小せんとか、そういう風狂な噺家の生き様を小説『句樂の手紙』『師走空』『蝶花樓物語』等に描いている。私はその世界にぞっこんほれこんでいた。噺家の血が騒いだのか、破滅していった風流人と同じことをやりたくて仕方がなかった。

弥太っぺ馬楽（三代目馬楽）は、貧乏なのに葛入れに凝って一年分、十二個揃えて毎月変えていた。風変わりな趣向が好きで、長屋住まいで置き場所なんかないのに、石灯籠を買ってくる。部屋の畳をあげて、石灯籠を据えて、いいね〜いいでしょ〜って、それを愛でながら酒を飲んだくれてる。こういう逸話がたまらなく魅力的なんだ。私はこの件を『長屋の花見』にいれている。普通のサゲは茶柱が立ってる、で終わるけど、その先までいって、（おい、やたさんや、お前は長屋きっての風流人だ。なにせ根太板あげて、そこに石灯籠すえちゃうような風流人なんだから。ちょいと一句ひねってくれよ、って云われると、やたさんがへーへーって矢立をだして〝長屋じゅう歯をくいしばる花見かな〟）ってサゲる。これは馬楽の句だからね。

若い時は私も長屋の連中同様、貧乏を楽しんでいた。湯島の四畳半を借りていた頃は貧窮極まれり、布団すらなくて畳の上でごろ寝する日常だった。

林蔵（当時、時蔵）が〝これから寒くなるのにまずい。おれが金馬師匠のところで内弟子していた時代に陸軍省払い下げの鼠色の汚い毛布があって、それで寝ていた。あれなら、たぶん、おかみさんも呉れるよ〟って、それで金馬師のところに行ったら、林蔵がしどろもどろ。

それで私が、〝こいつがあの毛布を懐かしがっちゃって〟っておかみさんに言ったら、

〝あぁ、持ってって、持ってって〟。

このおかみさんが鈴虫を育てるのが上手で、金馬師匠は日本橋にあった飲み屋「まるたか」に〝自家製〟の鈴虫を届けていた。

金馬師匠が逝かれた後も、そこでは鈴虫が鳴いていた。

おかみさんに鈴虫をくださいって頼んだら、いいわよって。〝瓶《かめ》に砂をいれ、鰻の頭と胡瓜を楊枝に刺して。これを餌にすれば十分だから〟これが秘訣だそうだ。

鈴虫はオスが泣くんだけど、オスだけだと泣かない。オス六匹とメス一匹もらってきて、これを七福鈴と称した。鈴虫の音を聞きながら湯島の貧窮部屋で粋に飲もうってんで、風流な噺家が集まった。なんにも無い空間に鈴虫の入った瓶だけ。小はんさん（当時、さん弥）と林蔵と三人で、角より安いウイスキーを飲んで、べろべろになって、その内、柿の種も食べつくし

て、なんかないのかよ〜。この時、女将さんにいわれた鰻の頭は買えなかったので、チーズと胡瓜を楊枝で差していた。これがいいだろって鈴虫の上前をはねてセコな風流を実践。

我々が酩酊の深みにはまり船を漕ぎだした頃……、とんでもない真夜中に、突然鈴虫が鳴きはじめた。これがリンリンとすごい！ 隣部屋のおじいさんが〝なんとかしてもらいたい〟って文句を言ってきた。

それで金馬師から貰ってきた陸軍省払い下げの毛布で、鈴虫の瓶をくるんだ次第。

おかみさんの話では、そのままにしておけば、孵化してまた来年育つはずだったけど、鈴虫ってメスがオスを食べてしまう。ところが、私の瓶はオスだけじゃなくて、メスもいなかった。

〝おまえがやったんだろ〟〝よせよ〜〟。結局、これっきり。生まれなかった。

こんな遊びも吉井先生の三人組（句樂、小しん、焉馬）の小説を読んで、その影響でこういうことをしたくなった次第。

吉井勇の掛け軸

吉井先生が詠んだコーヒーの歌があって、これがいい。

珈琲の香にむせびたる夕より　夢見るひととなりにけらしな『酒ほがひ』

上野鈴本に行くときに、古美術商があって、そこに掛かっていた軸で覚えた短歌。後年、雑誌『うえの』の取材でその店に行った時に訊いてみたらその軸のあったことを把握してなかった。吉井先生ならではの、ちまちまっとした字で書かれていたが、実のところは贋物だったかもしれない。

小勇の名前をもらってから、ずっと吉井勇先生を意識しながら人生を歩んできた。これはまさに同行二人。でも私は、短歌はやらない。読むことは好きだけど。

松永伍一先生に、短歌は多くを詠めるけれど、俳句の方が良いって教えられて、はまった。三十一字はいろんなことが言える。だからグチが多くなる傾向がある。

そういう内容を歌として持っていくから、どうも、短歌には内面とか病気とか陰気な描写が多い気がする。でも万葉集は明るい。防人の歌だって、みんな力強い。そこで気付くのが与謝野晶子の素晴らしさ。グチっぽいとかそういう後ろめたいような筆致は無い。語彙が豊富だから、ひとつのテーマだけで、きれいにまとめてくる。言葉遣いの妙。ダメな作品はない。全部がいい。生きてたらノーベル賞！　私はそう思う。

先述したが堀口大學は、新詩社に入って、与謝野鉄幹の門弟になる。鉄幹は育て屋で面倒見が良い。男の弟子への指導は鉄幹、女の弟子は晶子が担当していたから、直接は晶子に指導を受けていないようだけれど、大學は〝晶子先生〟と呼びかけ、ずっと与謝野晶子に心酔していた。大學は吉井勇から与謝野晶子で短歌の腕を磨いていった。与謝野晶子の腕は相当なもの。真似をしようじゃなくて、その構造と、考え方は、学んで欲しい。大學先生にも、素晴らしい短歌がいっぱいある。

女にておはしませばかなつかしや
サンタ・マリアは釋迦牟尼よりも

東京にうす雪ふるはなまめかし
それもその日のあかつきのこと
三鞭酒《シャンパン》の泡より淡き戀なりき
始め終りをひとときにして
醉ひどれは神や佛にあらねども
神や佛に似るが悲しき
五十より六十歳に至るころ
變口長調弾きそめし頃
吉井勇先生のみたまに

昭和三十五年十一月二十三日、後輩堀口大學拝上
せめて一首君がみ歌に如かめやと
ふるひ立ちしも十八の頃

つつましく古木のさくら枝垂れ咲く
かくてひとときは美しと知り

盆梅

盆梅展をご存じだろうか。滋賀県彦根で毎年春先に開催されている。盆梅と言うのは、盆栽の梅なんだが、枯れた梅木の根から育てあげたものが主で、これがかなり凄い。私は二度、鴨を食べに行きがてら見にいっている。

樹齢四百年など、奇蹟としか言いようのない梅の盆栽が幾間もある大座敷に展示される。遠い年月を経て甦った梅の花が馥郁として咲き香っているのだ。一旦枯れ朽ちた木の根から芽吹

き、濃厚な色合いの梅花が咲く姿は荘厳で神秘的だ。

とても手間のかかる維持作業が、何百年と継続されてきたことにも敬服する。

堀口大學も、この盆梅を好んでいて、老境に至ってから、不朽の梅達への感動を詩に詠んでいる。

「慶雲館即事」
僕も　僕の詩も
長浜の盆梅でありたい
年古りて　幹枯れ朽ちて
花凜と　色に　香に冴え
（長浜　平田寮客中作）

先述したけど、〝一生をともにできる詩〟の素晴らしさ。

日常は穏やかな日ばかりではなく、善きこと、憂きことが私たちの人生を並走する。しかしこの道程、堀口大學の詩があれば、何も不足はない。
この「猫」は翻訳もののなかで私が一番好き。

「猫」ギヨーム・アポリネール
わが家に在って欲しいもの
解ってくれる細君と
散らばる書冊のあいだを縫って
踏まずに歩く猫一匹
命の次に大切な
四五人ほどの友人たち。

大學先生のアポリネールへの思いについては「この頃になって、やっと日本語がわかったようですね」と述べられた先生の言葉が『日本の鶯』に記載されていて印象深い。
この素晴らしい訳について、興味ある方は、是非『日本の鶯』を御一読ください。

堀口大學に出逢って、ずっと宿酔《ふつかよい》したまま。満足也。

本項の〆は、大學先生の座右銘をお借りする。

「座右銘」
暮らしは分が大事です
気楽がなにより薬です
そねむ心は自分より
以外のものは傷つけぬ

出典
『堀口大學全集』／小沢書店
『吉井勇全集』／番町書房

■初出一覧

八〜一四　『東京人』08年4月号／都市出版
一五〜四二、四五〜五五、九七〜一〇一、一〇三〜一一九、一三八〜一四二、一六二〜一八一
『百味』／東京有名百味会
四二〜四五、六一〜六九、七一〜七三、九一〜九七、一四四〜一四六　月刊『味の味』／アイデア
五五〜五七、五九〜六〇、七〇〜七二、一六一〜一六二　『さんずいをつけて繰り出す』／北越出版
五八、六〇〜六一、一〇一〜一〇三、一二八〜一二九、一四三〜一四四　『沼声』／沼津の文化を語る会
七四〜八三　『東京人』01年11月号／都市出版
八四〜九一　『本の窓』98年6月号／小学館
一一九〜一二一　『東京人』07年2月号／都市出版
一二一〜一二八　斉田茶文化振興財団紀要
一二九〜一三七　『陶説』80年8月号／日本陶磁協会
一四七〜一六〇　『ヘルスツリーニュース』／湧永製薬
一八二〜二二二　書きおろし

写真◎正木信之

写真◎田村直規

☆著者略歴

柳家小満ん（やなぎや　こまん）

1942（昭和17）年2月17日、神奈川県横浜市生まれ。1961年5月、八代目桂文楽に入門して小勇。1965年3月、二ツ目昇進。1971年12月、八代目桂文楽の逝去後、五代目柳家小さん門下へ。1975年9月真打昇進して、三代目柳家小満んを襲名。2015年から、落語速記集『てきすと』を刊行中。お問い合わせは、http://ameblo.jp/komanskiclub/

東京かわら版 新書 2

小満んのご馳走

著者　柳家小満ん

2015年5月31日　第一刷発行

編集人　田村直規　　発行人　井上和明

発行所　有限会社東京かわら版

〒104-0045　東京都中央区築地1-9-1　井上ビル4F

TEL 03-3542-3610　FAX 03-3542-3611

http://www.tokyo-kawaraban.net/

印刷・製本　モリモト印刷株式会社

■ カバーイラスト／柳家小満ん

■ カバーフォーマット／手塚みゆき

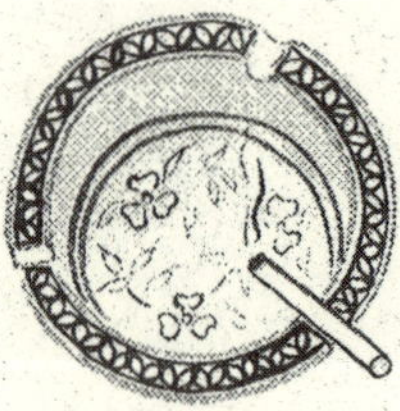